RICHMOND HILL
PUBLIC LIBRARY

JUN 11 2015

CENTRAL LIBRARY
905-884-9288

BOOK SOLD
NO LONGER R.H.P.L.
PROPERTY

RX

UN JUKEBOX DANS LA TÊTE

DU MÊME AUTEUR

Mon cheval pour un royaume, Éditions du Jour, 1967; Leméac, 1987.

Jimmy, Éditions du Jour, 1969; Leméac, 1978; Babel, 1999.

Le cœur de la baleine bleue, Éditions du Jour, 1970; Bibliothèque québécoise, 1987.

Faites de beaux rêves, L'Actuelle, 1974; Bibliothèque québécoise, 1988.

Les grandes marées, Leméac, 1978; Babel, 1995.

Volkswagen blues, Québec Amérique, 1984; Babel, 1998.

Le vieux Chagrin, Leméac / Actes Sud, 1989; Babel, 1995.

La tournée d'automne, Leméac, 1993; Babel, 1996.

Chat sauvage, Leméac / Actes Sud, 1998; Babel, 2000.

Les yeux bleus de Mistassini, Leméac / Actes Sud, 2002; Babel, 2011.

La traduction est une histoire d'amour, Leméac / Actes Sud, 2006.

L'anglais n'est pas une langue magique, Leméac / Actes Sud, 2009.

L'homme de la Saskatchewan, Leméac / Actes Sud, 2011.

JACQUES POULIN

RICHMOND
PUBLIC LIBRARY

JUN 11 2013

CENTRAL LIBRARY
905-884-9288

Un jukebox
dans la tête

roman

LEMÉAC

RICHMOND HILL
PUBLIC LIBRARY
JUN 11 2015
CENTRAL LIBRARY
905-884-9288

Couverture : Gianni Caccia, image © icetraystanislav/iStock.com

Les citations d'Aristote aux pages 7 et 33 du présent ouvrage sont tirées du livre *Traité de la mémoire et de la réminiscence,* paru chez Dumont, en 1848, et traduit en français par Jules Barthélémy Saint-Hilaire.

Leméac Éditeur reconnaît l'aide financière du gouvernement du Canada par l'entremise du Fonds du livre du Canada pour ses activités d'édition et remercie le Conseil des Arts du Canada, la Société de développement des entreprises culturelles du Québec (SODEC) et le Programme de crédit d'impôt pour l'édition de livres du Québec (Gestion SODEC) du soutien accordé à son programme de publication.

Toute adaptation ou utilisation de cette œuvre, en tout ou en partie, par quelque moyen que ce soit, par toute personne ou tout groupe, amateur ou professionnel, est formellement interdite sans l'autorisation écrite de l'auteur ou de son agent autorisé. Pour toute autorisation, veuillez communiquer avec l'agent autorisé de l'auteur : John C. Goodwin et ass., 839, rue Sherbrooke Est, bureau 200, Montréal (Québec) H2L 1K6.

Tous droits réservés. Toute reproduction de cette œuvre, en totalité ou en partie, par quelque moyen que ce soit, est interdite sans l'autorisation écrite de l'éditeur.

ISBN 978-2-7609-1279-3

© Copyright Ottawa 2015 par Leméac Éditeur
4609, rue D'Iberville, 1er étage, Montréal (Québec) H2H 2L9
Dépôt légal – Bibliothèque et Archives nationales du Québec, 2015

Mise en pages : Compomagny

Imprimé au Canada

« [...] les choses qui en soi sont les objets
de la mémoire sont toutes [...] aussi
du domaine de l'imagination [...]. »

ARISTOTE, *Traité de la mémoire et de la réminiscence*

« I need you, I don't need you,
I need you, I don't need you. »

LEONARD COHEN, *Chelsea Hotel #2*

1

LE VIEUX CHEF NAVAJO

Ce matin-là, je quittai mon appartement vers onze heures pour aller prendre l'air et acheter *Le Soleil*. J'habite au douzième étage de la Tour du Faubourg.

Dans l'ascenseur, il y avait une fille rousse. Vingt-cinq ou trente ans, mince et jolie, avec des lunettes orangées. Une voix douce mais enrouée qui chantait un peu :

— Vous êtes Jack Waterman ?

— Oui...

— J'ai lu tous vos livres et... je vous ai fait une petite place dans mon cœur.

Cette simple phrase m'étonna et me fit venir les larmes aux yeux. Un nœud dans la gorge m'empêcha de répondre. De toute façon, nous arrivions au rez-de-chaussée. Quand la porte de l'ascenseur s'ouvrit, la fille passa devant moi et je bredouillai quelques mots de remerciement. Je la suivis de loin dans le couloir. C'était le printemps. Elle avait des jambes très blanches et galbées, une jupe à plis, un blouson en jean.

À la porte du vestibule, elle s'arrêta un instant, jeta un coup d'œil en biais, sans doute pour vérifier si j'étais derrière elle. Ensuite elle sortit sans m'attendre et je la vis prendre à gauche sur le trottoir.

Je pressai le pas.

Quand, à mon tour, je me retrouvai dehors, en face de l'immeuble, je cherchai sa silhouette parmi les gens qui descendaient vers la place D'Youville et le Québec intra-muros. J'avais de la chance, elle était tout près. Elle examinait la vitrine de la Lunetterie du Faubourg. Peut-être se demandait-elle si sa monture convenait bien à la forme de son visage et à ses taches de rousseur. Pourtant, dans l'ascenseur, elle m'avait paru très séduisante, même si, après l'avoir regardée une seconde, j'avais tout de suite baissé les yeux à cause de l'émotion provoquée par ce qu'elle venait de dire. La petite phrase avait percé ma carapace, à la manière d'une flèche, ce qui ne m'était pas arrivé depuis longtemps.

La fille de l'ascenseur se détourna de la vitrine et poursuivit sa route en direction de la place D'Youville. Demeuré sur le trottoir, en face de la Tour, j'hésitais comme un zouave. Est-ce que j'allais lui emboîter le pas ? Si, par hasard, cette fille n'habitait pas dans mon immeuble, si elle n'était venue là que pour voir un locataire, est-ce que je ne risquais pas de la perdre à tout jamais ? Quelque chose me disait qu'elle représentait pour moi une dernière chance : c'est le genre d'idées saugrenues qui vous traversent l'esprit quand vous prenez de l'âge.

Avant qu'elle ne disparaisse, je m'élançai à sa suite, marchant aussi vite que possible. Au bout d'un moment, elle s'immobilisa devant la grande vitrine d'un magasin de livres ésotériques, d'albums divers et de best-sellers. Ce n'était pas ma librairie préférée, mais il m'arrivait assez souvent de m'y arrêter pour admirer une magnifique tête d'Indien figurant sur la couverture d'un album. C'était un Navajo dont le visage maigre et encore plus raviné que le mien était devenu à mes yeux le symbole d'un état d'âme auquel je n'accéderais jamais : la sérénité. Nous avions une certaine ressemblance, à ceci près que je n'étais pas aussi âgé et que je portais une courte barbe poivre et sel.

À quelques pas de là, je vis la fille entrer à la boulangerie Le Panetier. Alors je décidai de courir un risque. M'approchant très vite, je mis le nez à la fenêtre, une main de chaque côté du visage. Je constatai qu'elle présentait au vendeur une carte de fidélité pour qu'il la poinçonne, ce qui donnait droit à un pain gratuit après un certain nombre de visites. C'était clair : la fille habitait le quartier, j'allais la revoir un jour ou l'autre, il me suffisait d'être patient.

Rassuré, je tournai les talons et revins tranquillement vers le dépôt de journaux où j'avais coutume d'acheter *Le Soleil*. En passant devant la vitrine des livres ésotériques, je m'arrêtai un instant pour saluer le chef navajo. Il me sembla que son calme habituel avait cédé la place à un sourire moqueur.

2

LE JUKEBOX

Depuis que j'avais entendu la phrase, toute simple pourtant, de la fille aux lunettes orangées, ma vie n'était plus la même. Moi qui, jusqu'à ce moment, avais vécu dans un monde où l'imaginaire occupait la place principale, j'avais moins hâte, le matin, de me mettre à écrire.

D'habitude, sitôt avalée ma dernière cuillerée de céréales bio, je me dépêchais de retrouver le cahier Clairefontaine que j'avais installé dans un coin de ma chambre sur une planche à repasser. Les yeux encore gonflés de sommeil, je complétais la phrase laissée en plan la veille et, fort de cet élan, j'essayais d'aller aussi loin que possible, ce qui donnait le plus souvent… une seule page.

À présent, j'écrivais quelques lignes et je me mettais à rêvasser. «Je vous ai fait une petite place dans mon cœur» : c'est à cette phrase que je songeais. Alors je posais mon stylo et j'allais me promener en ville, espérant que ma bonne étoile me conduirait à la fille de l'ascenseur.

Comme j'avais gardé l'impression qu'elle se dirigeait vers le Vieux-Québec, la dernière fois que je l'avais vue, je voulus me rendre dans ce secteur, où j'avais habité pendant une dizaine d'années. J'étais aux aguets, l'œil vif, je regardais partout, essayant de repérer une tête rousse parmi les promeneurs.

Cependant, une idée me vint, et je m'arrêtai chez l'opticien. J'entrai, mais il n'y avait personne.

Marchant fort et toussotant, je fis le tour des étalages, et quelqu'un sortit enfin de l'arrière-boutique.

— Bonjour. On peut vous aider?

— Peut-être. Avez-vous des lunettes avec une monture de couleur orange?

— C'est pour vous?

— Non, pour une amie.

— Vous avez une photo d'elle?

— Non.

— Pourriez-vous dessiner la forme de son visage?

— Sûrement pas.

— Alors dites-lui de venir nous voir. On va sûrement lui trouver un modèle qui conviendra.

— Donc, vous en avez, des lunettes orangées?

— Oui, mais on est en rupture de stock.

Dans les propos du commis, rien ne révélait que les lunettes de la fille provenaient de chez lui. Dommage, il aurait eu son adresse dans le fichier client de l'ordinateur. Et s'il avait hésité à me la donner, je lui aurais glissé un vingt dollars, à la manière de Humphrey Bogart.

Je m'arrêtai ensuite à la boulangerie. Un arôme de pain frais emplissait la pièce. Il n'y avait qu'un jeune employé derrière le comptoir, et trois clients attendaient en file. Quand mon tour arriva, je demandai au vendeur s'il connaissait la fille aux taches de rousseur et aux lunettes orangées qui était venue acheter du pain et lui avait présenté une carte de fidélité. Je lui indiquai même le jour – un lundi matin – ainsi que l'heure à quelques minutes près. Il était désolé, c'était sa première journée de travail et il n'avait pas encore reçu la visite de la cliente rousse dont je parlais. Il me suggérait de revenir à l'heure de la fermeture ou bien un autre jour.

En descendant la rue Saint-Jean, après ces deux échecs, je sentis que mon courage allait flancher. De surcroît, je fus envahi par des souvenirs et des regrets.

Le Vieux-Québec était le quartier où j'avais vécu pendant mes études universitaires et mes premières années de travail comme assistant d'un psychologue. Mes rares amis de l'époque, Marc et Marie, avaient disparu, de même que Laurent, avec qui je passais des nuits entières à faire la navette Québec-Lévis sur le traversier parce qu'il n'arrivait pas à dormir.

Tous les petits appartements que j'avais loués, seul ou en groupe, les restaurants, les tavernes, les librairies de livres usagés, tout cela servait maintenant à d'autres fins, surtout à l'accueil des touristes.

Peu à peu, je cédai à la mélancolie, que Léo Ferré appelait « un désespoir qu'a pas les moyens ».

C'est ce sentiment qui, à la fin, mit en marche le jukebox que j'avais dans la tête. Un jukebox dont la partie supérieure avait la forme d'un arc-en-ciel aux couleurs mouvantes, un Wurlitzer qui me jouait des airs du passé. Fermant les yeux, je glissais un vingt-cinq cents dans une fente, j'appuyais sur deux boutons, et voilà qu'un bras automatique choisissait des disques rangés à la verticale, puis les déposait sur un plateau où ils déversaient leur musique nostalgique au fond de mon âme.

Je m'étais fait une liste de mes chansons préférées, des vieilles et des plus jeunes.

Ce jour-là, je me fis tourner *J'attendrai*, par Rina Ketty. La chanteuse disait que son amant était parti, qu'elle l'attendait le jour et la nuit, car un oiseau revenait toujours dans son nid. Le temps passait tristement et elle avait le cœur lourd.

J'aurais pu choisir aussi :

Les feuilles mortes de Prévert et Kosma
Le métèque de Moustaki
Jolie Louise de Daniel Lanois
Il n'y a pas d'amour heureux par Ferré

14

Ne me quitte pas de Brel
La rue s'allume par Cora Vocaire
Avec le temps de Ferré
J'ai pour toi un lac de Vigneault
Le jardin d'hiver par Henri Salvador
Chanson pour l'Auvergnat de Brassens
Le temps des cerises par Yves Montand
Une chanson douce par Salvador

3

LES FEMMES DU QUARTIER

Pourquoi ne l'avais-je pas compris plus tôt ?

À supposer que la fille rousse n'était pas venue en visite et qu'elle résidait à la Tour, il se pouvait très bien que nous habitions au même étage. Mon appartement, en effet, se trouvait tout en haut, au douzième, et c'était précisément à ce niveau que nous avions pris l'ascenseur ensemble.

Dès lors, tout me fut prétexte à délaisser mon travail et à quitter mon appartement dans l'espoir de la rencontrer. Je ne pouvais résister à l'envie d'acheter la dernière revue littéraire. De rendre un livre à la bibliothèque. D'aller chercher du lait sans lactose à l'Intermarché ou bien un pâté aux légumes chez Moisan. De me rendre au pied de la côte de La Fabrique pour voir si les nouveaux *bobs* étaient arrivés chez Bibi et Compagnie. Et si je ne sortais pas, il fallait encore que je prenne l'ascenseur pour descendre à la piscine en dépit du fait que je nageais comme une brique.

J'appuyais sur le bouton et, tout en regardant par la fenêtre qui donnait sur la rue Saint-Jean, j'écoutais la cabine se mettre en marche, quelque part en bas. Mon envie de voir la belle rousse augmentait à mesure que l'ascenseur montait. Enfin la porte s'ouvrait et, la plupart du temps, il n'y avait personne. J'étais déçu. Tout de même, c'était rassurant de constater que la simple possibilité de la revoir suffisait à faire battre mon cœur.

Un matin, au lieu de descendre, je fis semblant d'avoir oublié quelque chose, ce qui d'ailleurs m'arrivait souvent, et je retournai à mon appartement, l'avant-dernier au bout d'un long couloir.

Laissant ma porte entrouverte, je tendais l'oreille pour le cas où quelqu'un aurait eu besoin d'aller dehors. Juste au moment où j'allais me décourager, un bruit de pas venant de très loin se fit entendre. Je me hâtai de quitter l'appartement. En arrivant à l'ascenseur, je compris qu'une personne, à l'intérieur de la cabine, m'attendait; elle sortait la main pour tenir la porte ouverte. J'entrai tout de suite, plein d'espoir... Malheureusement, ce n'était pas celle que j'espérais, mais plutôt une femme de mon âge, une voisine.

— Merci de m'avoir attendu.

— C'est rien. On vous voit si peu souvent. Vous êtes en train de nous pondre quelque chose?

Elle me comparait en quelque sorte à une poule, mais je ne lui en voulais pas.

En fait, j'avais un drôle de comportement avec les femmes du quartier. J'étais très attaché à Carole, une caissière de l'Intermarché qui pourtant ne me connaissait pas et ne m'adressait la parole que pour me dire bonjour et au revoir. De l'autre côté de la rue, à la Société des alcools, il y avait une fille dont je ne savais même pas le prénom, mais que j'aimais beaucoup; elle me répondait en souriant quand je lui demandais où les commis avaient déménagé, encore une fois, le muscat de Samos. Et, à ma façon, j'étais amoureux d'Isabelle, qui travaillait à la grande bibliothèque de Saint-Roch où j'allais souvent emprunter des livres pour le simple plaisir de la voir.

Alors la voisine, je la traitais comme une amie et j'essayais de lui répondre avec gentillesse.

— Oui, j'ai commencé une histoire. J'écris un peu tous les jours.

— Quel genre d'histoire?

Cette question est l'une des plus difficiles que je connaisse. Nous étions sortis de l'ascenseur. La femme s'arrêta devant l'escalier qui menait aux espaces de stationnement.

Je répondis, faute de mieux :

— Une histoire d'amour.

— C'est bien! Vous n'en avez pas écrit depuis longtemps.

— Ah non?

— Au moins quatre ans!

J'aurais pu lui dire qu'il me fallait toujours quatre ans pour écrire un roman, qu'il ne s'était pas écoulé plus de deux ans depuis le dernier et que celui-ci pouvait être vu comme un roman d'amour. Mais, en général, je m'abstiens de discuter avec les lecteurs et lectrices, car je sais ce qui risque de se produire. La personne me dira qu'elle adore mes livres et, du même souffle, elle nommera trois auteurs qu'elle aime tout autant. Or, ce sont des gens pour lesquels je n'ai aucune estime. Ils pratiquent la littérature-spectacle. C'est d'ailleurs pour me moquer d'eux que j'ai rédigé les conseils suivants :

Comment devenir une vedette littéraire

1. Tu choisiras des titres qui parlent de sexe.
2. Tu passeras à toutes les émissions de télé.
3. Tu porteras des vêtements qui te façonneront une image.
4. Tu apprendras par cœur des phrases courtes et percutantes.
5. Tu fréquenteras tous les salons du livre.
6. Tu diras que ton livre est tiré à cent mille exemplaires et traduit en vingt langues.
7. Tu écriras dans une île ou à l'étranger pour impressionner le lecteur.

8. Tu feras adapter tes livres à l'écran, au théâtre ou en comédie musicale.

P.-S. Une fois devenu vedette, tu écriras n'importe comment, les critiques ne diront rien.

4

MÉLODIE

Plus je vieillis, plus je me couche de bonne heure.

Ce soir-là, je venais de me déshabiller. Il ne me restait plus sur le dos que mon t-shirt couleur sable, décousu près du cou. J'étais sur le point d'éteindre ma lampe de chevet et d'allumer la radio.

Je place toujours un petit transistor Sony à côté de mon oreiller. Avant de m'endormir, certains soirs, j'écoute l'émission *Par quatre chemins*, de Jacques Languirand, qui lit et commente des textes de toutes sortes et rit à gorge déployée chaque fois qu'on pourrait le prendre au sérieux.

Au moment d'éteindre ma lampe, j'entendis frapper à la porte.

On n'utilisait pas le heurtoir, on toquait avec ce qui me semblait être les jointures de la main. Les coups s'entendaient à peine, comme dans l'histoire de John Irving qui parle du «bruit de quelqu'un qui essaie de ne pas faire de bruit».

Je me levai, enfilai ma robe de chambre et, ayant replacé une mèche de cheveux avec mes doigts, j'entrouvris la porte. Alors j'eus un choc : c'était la fille aux lunettes orangées, celle qui m'avait parlé si gentiment dans l'ascenseur, celle qui m'avait fait une place dans son cœur. Elle portait un jean bleu, très pâle, et un col roulé noir qui faisait ressortir ses taches de rousseur. Je la trouvai très jolie, mais elle avait l'air soucieux.

J'ouvris la porte toute grande :

— Voulez-vous entrer ?

— Je sais que je vous dérange…

— Mais non.

— Vous n'étiez pas couché ?

— Pas tout à fait.

J'étais heureux de réentendre sa voix douce et enrouée.

Reculant d'un pas, je l'invitai d'un geste cérémonieux, qui la fit sourire un bref instant, puis elle reprit son sérieux.

J'allumai deux lampes dans le séjour, une petite et une grande sur pied. Je m'étendis sur ma chaise Lafuma et offris une chaise berçante à la fille, mais elle préféra marcher de long en large. Quand elle s'approcha de la lampe sur pied, je vis des rides sur son front et au coin de ses yeux. Elle était un peu plus âgée qu'il ne m'avait semblé dans l'ascenseur.

Pour autant, je la sentis plus proche de moi.

Les mains croisées derrière la tête, immobile, j'attendais. Elle s'arrêta et se mit à regarder dehors. Le principal attrait de mon appartement, c'était le paysage qu'on apercevait par ma grande porte-fenêtre, celle qui donnait sur le balcon que je partageais avec le voisin. À la tombée de la nuit, se déroulait devant nous un tapis de velours noir, parsemé de lumières en désordre ou en enfilade, qui s'étendait jusqu'aux Laurentides, et ça coupait le souffle à chaque fois.

Quand la fille se retourna, son visage gardait des traces de cette beauté nocturne. Je veux dire, quelques éclats de lumière.

Peu à peu, derrière ses lunettes orangées, tout s'éteignit.

Comme toujours, en de telles circonstances, je faisais mine de rien. J'étais là, bien attentif et disponible, mais je me taisais. C'était à elle de parler.

Je ne voulais pas avoir l'air de solliciter une confi–
dence.

Elle se décida :

— J'ai des ennuis.

Pas question de lui demander quelle sorte
d'ennuis. Je me contentai d'un signe de tête pour dire
que j'avais bien compris, que j'attendais la suite.

— Et j'ai besoin de votre aide. J'ai confiance en
vous. Je m'appelle Mélodie.

Cette fois, si j'avais voulu dire quelque chose, j'en
aurais été incapable : la surprise m'avait rendu muet.
Les belles filles n'ont pas coutume de se précipiter
chez moi pour demander mon aide. D'après ce que je
vois tous les matins dans le miroir, il me semble que
mon visage maigre, mes cheveux gris, mon air sévère
ne composent pas une image très accueillante.

Elle précisa sur un ton résolu, mais à voix basse :

— C'est à cause de votre voisin. Est-ce que vous
l'avez vu ?

Elle pointait son index vers le mur qui me séparait
du dernier appartement, celui de l'extrémité du
couloir, juste avant la sortie de secours. Cet endroit
était enveloppé d'un certain mystère, car la direction
le louait pour de courtes périodes et on ne savait jamais
quel genre de personne s'y trouvait, ni même s'il était
occupé ou non.

— Je ne pensais pas qu'il y avait quelqu'un.

— Il est là depuis quelques jours.

Elle ne parlait pas beaucoup, alors je fus bien
obligé de poser des questions.

— Vous habitez dans l'immeuble ?

— Oui, à l'autre bout du couloir.

— Depuis longtemps ?

— Presque un mois.

— Est-ce que cet homme s'est installé sur notre
étage à cause de vous ?

— J'ai des raisons de penser que oui. Mais c'est une longue histoire et je ne vais pas vous la raconter aujourd'hui. J'ai déjà trop abusé de votre temps, il faut que je vous laisse dormir.

Là-dessus, sans me saluer ni rien, elle s'en alla silencieusement, comme elle était venue.

Je m'endormis très vite et rêvai que, pour défendre une femme qui ressemblait à Nana Mouskouri, je devais me battre contre un boxeur portant un masque. Je me réveillai avec des courbatures et un bon mal de dos.

5

DE RETOUR DANS CINQ MINUTES

Des courbatures, un mal de dos, ce n'est rien pour empêcher un maniaque d'accomplir sa tâche quotidienne, surtout quand il suffit de rédiger une seule page.

Cependant, je m'éveillai avec deux questions en tête. Pourquoi Mélodie avait-elle confiance en moi ? Quelles étaient les intentions du nouveau voisin ?

Assis dans mon lit, je tentai de capter les sons qui constituent le branle-bas habituel du matin : la chasse d'eau des toilettes, le claquement assourdi des portes d'armoire, le raclement des chaises sur le parquet en bois.

Rien de tout cela ne se fit entendre.

Je me levai, m'habillai et, dans le séjour, je collai mon oreille au mur qui séparait les deux appartements. Aucun bruit, si ce n'est une sorte de vibration sourde et régulière qui pouvait aussi bien venir de l'intérieur de ma propre tête.

Je fis glisser doucement la porte coulissante et risquai un œil vers la paroi de verre dépoli qui partageait en deux notre balcon, mais je ne vis, ou plutôt ne devinai, qu'une fenêtre obstruée par une tenture.

Ensuite j'avalai des toasts. Après deux gorgées de mon infect substitut de café, je descendis au rez-de-chaussée. Rien à signaler dans l'ascenseur. Uniquement des inconnus, ou des gens que je connaissais de vue. Je me rendis dans le vestibule, à la sortie, pour consulter le

24

tableau qui donnait la liste des numéros d'appartement avec le nom des locataires. Je n'attendais pas grand résultat de cette vérification, sachant que, par souci d'intimité, plusieurs personnes demandaient que leur nom ne soit pas affiché. C'est ce que j'avais fait moi-même à mon arrivée, et je ne fus pas long à constater que mon nouveau voisin avait fait de même. Quant à Mélodie, dont je ne connaissais que le prénom, je ne pouvais espérer la trouver dans la liste.

Il me restait une autre source de renseignements : le secrétariat de l'immeuble. Or, la porte était fermée et un carton accroché à la poignée annonçait que la femme allait revenir dans cinq minutes. Elle fut de retour au bout d'un quart d'heure, faisant claquer ses talons pointus et s'excusant de son retard.

Pendant qu'elle s'installait derrière le long comptoir, je cherchai une manière habile de lui soutirer des informations sur mon voisin. Ne trouvant rien, je me plaçai droit en face d'elle.

— Je peux vous demander quelque chose ?

— À quel sujet ?

La secrétaire était une grande et mince jeune femme aux cheveux bruns qui travaillait pour payer ses études en lettres. *A priori*, elle n'était pas censée se méfier de moi.

— Au sujet du voisin.

— Celui qui vient d'arriver ?

— Oui. Je m'inquiète pour lui.

— Qu'est-ce qui vous tracasse ?

— Je ne l'entends jamais. Peut-être qu'il est malade ? Peut-être qu'il faudrait l'aider ?

— Non... C'est un gros bonhomme assez costaud.

— Vous le voyez souvent ?

— Je l'ai vu seulement une fois, quand il est arrivé. Il dort presque toute la journée, c'est pour ça que vous ne l'entendez pas.

— Ah oui ? Il dort beaucoup ?

— Il travaille la nuit.

— À quel endroit ?

— Je... je n'ai pas le droit de vous dire ça.

— Merci quand même. Et excusez-moi, je suis un peu trop curieux. J'aime bien savoir quelles sont les personnes qui habitent mon étage.

Là, je mentais : étant du genre égocentrique, je m'intéresse très peu à mes voisins. Cependant, je voulais obtenir d'autres renseignements, cette fois au sujet de Mélodie la rousse.

— Je peux vous poser une dernière question ?

— D'accord.

— Dans l'ascenseur, j'ai rencontré une fille avec des lunettes orangées. Une rousse qui s'appelle Mélodie. Vous la connaissez ?

La secrétaire eut un large sourire et ne répondit pas tout de suite. En pareil cas, je ne m'accorde pas le droit de demander « Qu'est-ce qui vous fait sourire ? » ou bien « À quoi pensez-vous ? » Non, je me tais et j'attends.

Elle répondit enfin :

— Je la connais depuis plusieurs années. L'appartement qui venait de se libérer au douzième, c'est moi qui lui ai offert.

— Très bonne idée ! C'est quel numéro ?

— Désolée, je n'ai pas le droit...

— Excusez-moi de l'avoir demandé.

— Mais je peux vous assurer qu'elle était contente d'apprendre que vous étiez là.

— Merci. Est-ce que vous pouvez me dire ce qu'elle fait dans la vie ?

— Oui, ça je peux vous le dire. Elle travaille certains jours à la bibliothèque, et d'autres jours dans une librairie du Vieux-Québec.

Je brûlais d'envie de lui demander s'il existait un rapport entre l'arrivée de Mélodie et celle de mon voisin, et lequel des deux locataires avait emménagé en premier. Mais la question était compliquée, peut-être même indiscrète. Je ne savais pas comment la formuler, alors je la gardai pour moi.

— Merci beaucoup, et bonne chance dans vos études.

Elle avait commencé une thèse sur mes livres, mais je faisais semblant de ne pas être au courant.

6

LA VIE MYSTÉRIEUSE DES MOTS

Chaque fois que les mots me font défaut, ou encore que les événements de la vie me détournent de mon travail, je demande à Gabrielle Roy ou bien à Ernest Hemingway de venir à mon secours.

C'était un vendredi soir et je lisais avant d'aller dormir.

Je lisais, pour la deuxième fois, la très touchante autobiographie de Gabrielle Roy, *La détresse et l'enchantement*. Certains passages que je n'avais pas remarqués à la première lecture retenaient à présent mon attention. En particulier les endroits où elle parlait des efforts qu'elle faisait pour écrire de la fiction. Par exemple, en page 137, après avoir déploré la piètre qualité de ses textes, elle ajoutait :

Parfois une phrase de tout ce déroulement me plaisait quelque peu. Elle semblait avoir presque atteint cette vie mystérieuse que des mots pourtant pareils à ceux de tous les jours parviennent parfois à capter à cause de leur assemblage comme tout neuf.

À peine âgée de vingt-deux ans, Gabrielle Roy avait eu l'intuition que le voisinage inhabituel de certains mots était de nature à créer une «vie mystérieuse», c'est-à-dire la littérature, tout simplement.

Un peu plus loin, parlant de *La Petite Poule d'Eau*, elle écrivait :

Avoir accès à ce que l'on possède intérieurement, en apparence la chose la plus naturelle du monde, en est la plus difficile.

Et encore plus loin, à la page 229 :

Il y a ceci d'extraordinaire dans la vie d'un livre et de son auteur : dès que le livre est en marche, même encore indistinct dans les régions obscures de l'inconscient, déjà tout ce qui arrive à l'auteur, toutes les émotions, presque tout ce qu'il éprouve et subit concourt à l'œuvre, y entre et s'y mêle comme à une rivière, tout au long de sa course, l'eau de ses affluents. Si bien qu'il est vrai de dire d'un livre qu'il est une partie de la vie de son auteur en autant, bien entendu, qu'il s'agisse d'une œuvre de création et non de fabrication.

J'étais heureux de constater qu'elle faisait la distinction entre « création » et « fabrication », car il me semblait que ce dernier terme s'appliquait en tous points à certains collègues peu exigeants qui produisaient un livre par année.

D'autre part, à mesure que j'avançais dans ma lecture, une idée s'insinuait dans mon esprit : pourquoi ne pas tenter d'établir un parallèle entre les observations de Gabrielle Roy sur l'écriture et les propos tenus sur le même sujet, en réponse aux questions des journalistes, par mon idole, Ernest Hemingway ? J'en étais à me demander si ce genre d'essai ne serait pas plus intéressant que mes courts romans écrits avec tant de difficultés, lorsqu'on frappa très doucement à la porte.

Je regardai ma montre. Il était juste passé huit heures. Le livre de Gabrielle Roy à la main, je me hâtai d'ouvrir. C'était mon amie Mélodie, la Mélodie aux lunettes orangées, l'air un peu triste et un point d'interrogation dans le regard. Elle portait son jean bleu pâle avec un chandail de couleur lilas qui la rendait très attirante.

Elle désigna mon livre.

— Je dérange ?

— Mais non. Entrez...

Tout en refermant la porte derrière elle, je remisai dans un coin de mon cerveau l'idée du parallèle entre madame Roy et Papa Hemingway. En même temps, je me fis à moi-même la recommandation de ne pas oublier que les réponses du vieil écrivain se trouvaient, pour la plupart, dans l'ouvrage qui s'appelait *Défense du titre*.

— Venez vous asseoir. Je vous offre un café? Une tisane? Un aphrodisiaque?

Cette blague d'un goût douteux, empruntée au cinéma, lui arracha un sourire. Quand elle prit place dans ma chaise berçante, je devinai que Mélodie allait reprendre son récit à l'endroit où elle l'avait laissé, quelques jours plus tôt, pour me permettre de dormir.

— Un café, s'il vous plaît.

Je préparai un café et une tisane à la camomille. L'eau mit plus de temps à bouillir que d'habitude. Lorsque les boissons chaudes furent enfin prêtes, je les posai à côté d'elle sur une petite desserte roulante. La fille avait tourné la chaise berçante vers la porte-fenêtre du balcon et regardait dans le vague. Je plaçai ma chaise longue près d'elle, mais un peu en biais, pour ne pas l'intimider au cas où elle aurait des choses difficiles à raconter.

Elle prit sa tasse à deux mains et but à petites gorgées.

— Merci beaucoup. Ça fait du bien.

Elle me demanda si j'avais vu le voisin. Je ne l'avais ni vu ni entendu. Ensuite elle se recueillit un long moment avant de parler.

— Hier, à l'heure du souper, comme je sortais de la bibliothèque, j'ai remarqué un homme qui s'éloignait. Son allure m'a rappelé des souvenirs pénibles. Mais je l'ai vu de dos…

— Vous n'êtes pas sûre de l'avoir reconnu?

— Non… Maintenant je vais essayer d'expliquer ce qui me fait peur… Ça ne sera pas facile…

— Prenez votre temps.

Elle se berçait. Par moments, elle s'arrêtait puis recommençait. La chaise grinçait, mais elle n'avait pas l'air de s'en rendre compte. Je me promis d'utiliser la canette de Jig-A-Loo que j'avais achetée spécialement pour cette raison et que j'oubliais toujours dans l'armoire sous l'évier.

— C'est rare que j'hésite. Je suis plutôt une fonceuse. Aujourd'hui, pourtant, je ne sais pas du tout par où commencer.

— Il y a un vieux truc. C'est Hemingway qui donne ce conseil aux écrivains : quand on est bloqué, il faut sortir la phrase la plus vraie que l'on connaisse. Ensuite le reste vient plus facilement.

— D'accord, je vais essayer.

Après quelques instants de réflexion, elle cessa de se bercer et, d'une traite, comme lorsqu'on se vide le cœur, elle déclara :

— J'ai pas connu mes parents, je suis orpheline.

Pris de court, et voulant éviter les lieux communs, je ne trouvai pas les mots qui auraient pu la consoler ou encore l'inciter à poursuivre. Elle se remit à se bercer en silence, faisant grincer la chaise, le regard perdu quelque part vers les Laurentides, et il se passa de longues minutes avant qu'elle ne reprenne la parole.

Ce que j'entendis alors me parut assez confus : des phrases incomplètes, des allusions vagues, des retours en arrière. Je parvins tout de même à comprendre comment son enfance s'était déroulée. Adoption, puis abandon... Séjour dans plusieurs familles d'accueil où elle ne s'était pas entendue, soit avec les parents, soit avec les frères et sœurs... Fugue à trois ou quatre reprises... Interventions de la Protection de la jeunesse... Et, en dernier, expérience pénible dans des maisons pour délinquants.

Quand elle se tut, j'osai lui demander :

— Et le voisin, dans tout ça ?

— Je ne suis pas rendue là. De toute manière, quand je raconte, j'en oublie des grands bouts. Et les bouts dont je me souviens, ça sort tout en désordre. J'espère que ce n'est pas ce qui vous arrive quand vous écrivez vos histoires !

— Ne vous en faites pas ! Mon texte est souvent tout embrouillé : c'est pas pour rien qu'on appelle ça le brouillon.

— Alors, qu'est-ce que vous faites ?

— Je corrige, je corrige, je corrige…

— Ça ne doit pas être très drôle !

— Non !

— Pourtant les écrivains qu'on voit à la télé nous disent qu'ils font le plus beau métier du monde. J'en ai même entendu qui prétendaient ne faire aucun effort. Ils n'avaient qu'à transcrire ce qui était dicté par les personnages.

— Il y a des écrivains qui disent n'importe quoi pour impressionner les lecteurs.

Quand je pense à certains auteurs, il m'arrive d'exagérer, c'est plus fort que moi. Alors je tentai de ramener la conversation au récit que la fille avait commencé. J'étais très curieux, et inquiet à la fois, de l'entendre me parler du voisin.

Elle se berça pendant une minute, comme si elle se posait des questions, puis, s'arrêtant d'un coup, elle vida sa tasse de café et se leva.

— Peut-être que je ferai mieux la prochaine fois.

Là-dessus, elle se dirigea lentement vers la porte. La main sur la poignée, elle se ravisa. Elle revint vers moi à petits pas rapides. J'étais resté allongé dans ma chaise. Elle m'embrassa furtivement sur la joue et sortit sans faire le moindre bruit.

J'étais encore très ému quand je me mis au lit.

7

UNE HISTOIRE DE CŒUR

Si furtif qu'il ait été, le baiser de la jeune rousse m'avait fait battre le cœur deux fois plus vite qu'à l'accoutumée. Cela n'était pas arrivé souvent, ces dernières années. Pour diverses raisons, la plus banale étant que, parmi les nombreuses pilules que je devais avaler chaque jour, il y avait des bêtabloquants. Car j'avais fait ce que les cardiologues appellent un IDM, c'est-à-dire un infarctus du myocarde.

L'accident était survenu au moins dix ans plus tôt, pendant un séjour prolongé en France. Je ne me souviens pas de l'année exacte, mais cet oubli n'est pas bien grave, si j'en crois Aristote, qui disait: «D'ordinaire, ce sont les esprits lents qui ont le plus de mémoire.» En revanche, je n'ai rien oublié des circonstances.

J'habitais alors, à Paris, une ancienne loge de concierge. Je pouvais faire quatre pas dans un sens, cinq pas dans l'autre. La pièce n'était pas chauffée. Il y avait une gazinière à deux feux, un tout petit frigo, un évier si bas que je courais le risque de me faire un lumbago en lavant la vaisselle, un comptoir avec trois courtes étagères, et dans un coin, près de l'unique fenêtre qui donnait sur un immeuble de dix étages, se trouvait la salle d'eau comprenant une douche, la toilette et un lavabo jauni, surmonté d'un miroir.

En plus d'un radiateur électrique, j'avais acheté au Bazar de l'Hôtel de Ville un lit-mezzanine auquel j'accédais en grimpant une échelle amovible. Le lit était assez haut pour que j'installe, en dessous, le genre de bureau qui me permettait d'écrire en position mi-debout, mi-assise, sans être aux prises avec des douleurs lombaires. Ce bureau comprenait une boîte à pain posée sur mon habituelle planche à repasser et, derrière moi, une commode sur laquelle j'appuyais mon fessier et une bibliothèque qui soutenait mon dos.

Le petit déjeuner avalé, je me mettais dans cette position, sous la mezzanine, ma tasse de faux café à portée de la main. J'allumais ma lampe et je commençais à travailler. Et ce, tous les jours de la semaine.

Mon pire ennemi, dans le minuscule appartement, n'était pas le manque d'espace ni de lumière naturelle, mais le bruit. Ma petite pièce s'ouvrait directement sur le hall de l'immeuble. J'entendais claquer la porte des étages et celle de la rue, chaque fois que sortait ou rentrait un des résidents des huit étages. Sans compter la concierge qui faisait son ménage quotidien, et le facteur qui livrait le courrier trois fois par jour.

Si l'impatience me gagnait, j'utilisais des boules Quiès. Alors je n'entendais plus que des bruits étouffés, le souffle de ma propre respiration et les battements de mon cœur.

J'écrivais une page par jour. Un rythme lent, mais je calculais qu'une année de travail assidu me donnait un brouillon de deux cent soixante pages. Il fallait envisager une autre année d'efforts pour obtenir une deuxième version. J'entreprenais ensuite les corrections, interminables mais nécessaires, qui prenaient fin au moment où, dans un mélange de soulagement et de tristesse, je me résignais à ne plus chercher la perfection.

Ma tâche quotidienne accomplie, j'avais très hâte de me promener dans Paris, source inépuisable d'émerveillement. Mais auparavant, il fallait que je refasse mes forces.

Mes habitudes alimentaires étaient déplorables. À midi, je ne me creusais pas la tête pour composer un menu spécial. Je mangeais toujours la même chose : un jus de légumes, un œuf avec du miel, du fromage et une rôtie. Plusieurs membres de la famille, du côté de mon père, avaient eu des ennuis cardiaques, et j'ignorais que mon organisme, par une sorte de tare héréditaire, fabriquait déjà du mauvais cholestérol.

Un dimanche matin, en m'éveillant dans mon lit-mezzanine, je ressentis une forte douleur dans la poitrine. Je crus que j'avais dormi de travers, que je m'étais froissé un muscle, alors je me tournai de côté, ce n'était rien du tout, le mal allait partir de lui-même.

Mais il ne me quittait pas. Je me mis sur le dos et j'eus l'impression qu'une personne appuyait une barre de fer contre ma poitrine. Inquiet, je descendis l'échelle et commençai à prendre une douche : l'eau chaude allait détendre ma musculature. Il n'en fut rien. Au contraire, la douleur augmentait.

Je me séchai, m'habillai et sortis dans le hall. Quelque chose de grave se passait, je ne savais pas ce que c'était, mais j'avais peur. Il me fallait de l'aide. Un homme entra dans l'immeuble. Un Parisien typique et raisonneur qui avait fait la guerre d'Algérie. Je lui dis que je me sentais mal. Au lieu de m'aider, il raconta qu'il avait subi un infarctus autrefois. Il se mit à me donner des détails. Heureusement, la concierge passait par là. Une femme très aimable et intelligente. Sans perdre un instant, elle alla téléphoner aux pompiers.

Cinq minutes plus tard, ils arrivaient. La porte de l'appartement était ouverte, j'attendais sur une chaise, prêt à partir. Deux ou trois questions et ils comprirent ce qui se passait. J'étais sans doute blanc comme un drap. Ils m'aidèrent à monter dans le véhicule de secours et me firent allonger sur une civière. Mon angoisse grimpa d'un cran et j'eus des nausées lorsque l'ambulance s'ébranla, parce qu'il n'y avait pas d'oreiller.

Je crois me rappeler que c'était le printemps, mais j'avais très froid, je tremblais comme une feuille. Heureusement, l'hôpital Rothschild était tout près, et c'est à cet établissement que les pompiers m'amenèrent.

Un incident cocasse m'est resté en mémoire. Quand le médecin responsable de l'urgence entra dans la salle des premiers soins, il commença par demander d'une voix forte et maussade :

— Qu'est-ce qui sent mauvais comme ça ?

Personne ne lui répondit. Bien qu'en état de choc, je devinai que l'odeur en question provenait de mes souliers de tennis, qu'on m'avait enlevés en même temps que le reste de mes vêtements pour les ranger sur le plateau inférieur de la civière.

Dans le silence glacial qui suivit, un adjoint lut le rapport des secouristes :

« Homme d'environ quarante ans, douleur persistante dans la poitrine au réveil, température normale, pouls cent cinquante, capable de marcher, élocution difficile. »

Je me plaignis au médecin que j'avais très froid. Il ne réagit pas tout de suite, étant occupé à vérifier le travail de ses assistants : le goutte-à-goutte, le tensiomètre et les électrodes sur ma poitrine, mes poignets et mes chevilles, qui servaient à tracer le rythme cardiaque. Ce rythme apparut bientôt sur une bande de papier et il en prit connaissance. Après avoir demandé à un adjoint de m'envelopper dans une couverture de laine, il me dit calmement :

— Monsieur Waterman, vous avez fait un petit infarctus. On va vous donner un médicament pour que votre cœur batte moins vite, ensuite vous serez conduit à l'hôpital Saint-Antoine parce que c'est là que se trouvent les meilleurs cardiologues. Comprenez-vous?

— Oui.

— Là-bas, vous allez passer plusieurs examens pour déterminer quel traitement vous convient le mieux. Comprenez-vous?

— Oui. Merci beaucoup.

C'est tout ce que je parvins à dire. J'avais la mâchoire trop lourde et la couverture de laine n'arrivait pas à me réchauffer. En plus, dans ma poitrine, la douleur s'accentuait, sans doute à cause de l'angoisse.

Elle persista, cette douleur lourde et pénible, jusqu'à ce que je fusse rendu au service des soins intensifs de Saint-Antoine où l'ambulance me conduisit, toutes sirènes hurlantes. Je fus pris en charge par une équipe de spécialistes. Des gens rapides, compétents et réconfortants. On m'expliqua en quoi consistait l'accident que j'avais subi et on me donna un puissant sédatif.

Avant de céder au sommeil, mon esprit fut envahi par au moins deux pensées inquiétantes. D'abord, il n'était plus question d'écrire avant un long moment. Et puis, je me demandais si mon cœur, dont une partie était nécrosée, c'est-à-dire sans vie, allait me permettre à l'avenir d'aimer quelqu'un sans réserve.

8

LE KIOSQUE

Deux semaines au moins que je n'avais pas vu Mélodie, la belle rousse.

Mon cœur était partagé. Je m'ennuyais d'elle, surtout que je n'avais pas osé la déranger à la bibliothèque. D'autre part, j'avais retrouvé le fil de mon roman et je parvenais à rédiger ma page quotidienne.

J'oubliais même par moments la présence du voisin.

Après la séance de travail, j'allais prendre l'air dans la rue Saint-Jean parce que la température se réchauffait. J'achetais *Le Soleil* avant de rentrer.

Comme je lisais le journal en commençant par les sports, je devenais Sidney Crosby, Roger Federer ou Fernando Alonso. Et quand j'avais parcouru les autres nouvelles, attentif aux faits divers qui pouvaient enrichir mon texte, je passais aux divertissements situés entre les avis de décès et la dernière page du cahier des arts. J'aimais tous les jeux : la citation secrète, les mots croisés, le sudoku et même le mot mystère qui semblait avoir été conçu pour les enfants.

Un soir, j'avalai très lentement une soupe consistante de légumes et de morceaux de poulet, avec des biscuits Ritz, en écoutant les nouvelles à la radio, et je bus un doigt de muscat. Ensuite, n'ayant pas le goût de lire, ce qui m'arrivait souvent quand j'avais une œuvre en chantier, j'ouvris la télévision. Pas de chance, c'était l'heure des téléromans, que je ne pouvais plus supporter à cause du ton mélodramatique, des mouvements injustifiés de la caméra, du jeu excessif des comédiens, des publicités à répétition. Par contre, j'attrapai la fin d'un match de tennis. Je ne sais pas ce que j'aurais donné pour être la petite croix suspendue au cou de Maria Sharapova, juste au-dessus de la vallée de Josaphat.

Alors, j'allumai mon jukebox. Mentalement, je glissai une pièce dans l'appareil et... je me mis à hésiter : *Love me Tender ?... Rock Around the Clock ?... Pretty Woman ?...* Non, il fallait plutôt choisir un air en français. Ce serait donc Joe Dassin et sa chanson qui me remplissait d'une vague tristesse depuis le départ de ma femme. Le 45 tours commençait tout juste à tourner lorsqu'on frappa à la porte. Trois coups si faibles que le voisin ne pouvait les entendre. Mélodie était la seule personne qui agissait ainsi. J'éteignis le jukebox et j'allai ouvrir, l'âme quand même assez légère, tout en m'excusant auprès de monsieur Dassin.

C'était bien Mélodie avec son petit sourire et son regard inquiet derrière ses lunettes. Elle portait son jean bleu et un chandail à manches longues, de la même couleur, trop grand pour elle.

Ses yeux demandaient si elle dérangeait. À n'importe qui d'autre, j'aurais dit que je ne faisais rien d'important. Mais comme il passait entre nous un courant de sympathie chaque jour plus chaleureux, je répondis que j'écoutais une chanson de Joe Dassin. Elle n'allait pas protester en disant qu'il n'y avait chez moi aucun lecteur de CD, ni rien de semblable : ce n'était pas son genre.

Elle suggéra timidement :

— *Salut les amoureux ?*

— Mais oui. Comment avez-vous deviné ?

— C'est un coup de chance.

Pendant qu'elle m'aidait à replacer la chaise berçante et mon fauteuil Lafuma en face de la porte-fenêtre, je me rendis compte que, tous les deux, nous étions presque en train de reproduire un conte célèbre, celui qui mettait en scène un roi perse et la brillante Schéhérazade dans les *Mille et une nuits.* J'allais en faire la remarque, mais je vis le visage de Mélodie se rembrunir. Elle affirma que, vers la fin de l'après-midi, à la bibliothèque, elle avait remarqué un homme assis à une table, les bras croisés, qui la regardait avec insistance. Il portait des verres fumés. Elle s'était demandé s'il ne s'agissait pas du voisin.

Ensuite, elle s'installa dans la chaise berçante et se recueillit un long moment. J'eus le temps de préparer les boissons chaudes. Quand je m'allongeai dans mon fauteuil, elle reprit le cours de son récit. Sa voix était plus assurée que les soirs précédents. Je compris que les premières phrases étaient prêtes depuis longtemps dans sa tête.

Elle commença de se bercer.

— Dans ce temps-là, j'habitais une maison du Vieux-Québec. Une maison pour les délinquantes située rue Sainte-Ursule. Elle n'existe plus maintenant. On était un groupe qui variait entre dix et vingt filles, selon les semaines. On avait tout ce qu'il fallait : des livres, de la musique, des jeux, des grandes sœurs, et même le droit de se promener si on était accompagnées ou si on acceptait de porter un bracelet électronique.

Elle but une gorgée de café. C'était de l'instantané, plutôt imbuvable, mais elle le préférait à la camomille qui portait à dormir.

— J'étais bien et mal en même temps.

Lui demander ce qu'elle voulait dire, ce n'était pas mon style. Pas question non plus de répéter la fin de sa phrase, comme font les psys afin d'inciter le patient à développer son propos. C'est une technique très efficace, mais qui me semble irrespectueuse. Alors je restai silencieux et, après quelques instants, elle expliqua :

— Plusieurs filles se droguaient. Pas forcément avec de la coke, de l'héroïne ou du LSD, mais plutôt avec du GHB, des amphétamines et de l'ecstasy, parce qu'on peut les avoir en comprimés et que c'est plus facile à dissimuler. On avait mis au point un système avec de faux livreurs de pizzas. J'en ai pris moi aussi pour voir quel genre d'effet on obtenait. Ensuite j'ai continué.

Elle s'interrompit, avala un peu de café. Je bus deux ou trois gorgées de tisane pour l'accompagner. Elle regarda longuement les montagnes qui s'estompaient à l'horizon, puis elle dit que, la plupart du temps, la drogue provoquait une sorte d'euphorie. Elle enchaîna :

— Tantôt j'ai dit que j'étais bien et mal en même temps.

— Oui...

— J'étais bien parce que j'aimais beaucoup le Vieux-Québec. Les touristes m'énervaient quand ils étaient en groupe et que tout le monde prenait des photos au lieu de regarder, mais j'avais mes lieux préférés. Un drôle de clocher qu'on ne voit jamais à moins de lever les yeux vers le ciel. Un parc dissimulé au fond d'un cul-de-sac. Un petit hôtel très étroit dans la ruelle des Ursulines. Des cours intérieures où les gens n'osent pas entrer. Des cafés tranquilles. La librairie Pantoute où je pouvais toujours m'asseoir dans une allée pour lire. La rue du Trésor, parce que je connaissais un peintre qui faisait autre chose que des aquarelles sans originalité.

— Mais en même temps, vous étiez mal...

— J'étais mal à cause de la drogue. Une fois l'euphorie dissipée, les filles commençaient à se chicaner. Il y avait des engueulades et des batailles pour choisir la meilleure façon d'avoir de l'argent.

41

Notre choix se ramenait à trois possibilités : quêter, voler, se prostituer.

Elle se tut et se leva presque immédiatement, et je crus qu'elle se préparait à sortir en douceur, comme les fois précédentes. Mais non, je me trompais, elle alla s'asseoir dans un coin. Le petit coin entre ma très modeste étagère de livres et la porte-fenêtre du balcon. À côté d'elle, près de son épaule, il y avait *Rue Deschambault* de Gabrielle Roy, et je ne pus m'empêcher de penser au chapitre qui s'appelait « Petite Misère ».

— Un matin, je me suis tannée des histoires de drogue. Toute ma vie tournait autour de ça. Je passais la journée à chercher de l'argent. Parfois, je piquais des choses dans les magasins pour les revendre. C'était pas une vie.

Les genoux relevés, les bras serrés autour de ses jambes et le menton appuyé sur ses poignets, elle semblait perdue dans ses regrets. J'aurais aimé lui toucher l'épaule, mais j'étais rivé à ma chaise longue.

Elle enleva ses lunettes orangées, souffla sur les verres et les remit sur son nez.

— Ce matin-là, je me suis levée avant tout le monde. J'ai mis un jean, mon t-shirt noir et, par-dessus, mon chandail gris à capuchon et je suis sortie par une fenêtre qui donnait sur l'escalier de sauvetage. C'était le début de l'été. L'air, comme aujourd'hui, était encore frais. Je suis descendue à la place D'Youville. J'ai pris le premier bus qui s'est arrêté. Je n'ai même pas regardé le numéro. Il est parti vers Sainte-Foy par le boulevard Laurier, et plus loin il a tourné sur le chemin Saint-Louis, et là, quelque chose de spécial est arrivé.

— Ah oui ?

— Tout à coup, sans raison apparente, j'ai senti que j'étais bien dans ma peau. J'étais heureuse. Comme si une sorte d'harmonie s'était installée en moi.

— La sensation a duré longtemps ?

— Non, une minute ou deux.

Elle quitta son petit coin et revint s'asseoir dans la chaise berçante.

— Sur le chemin Saint-Louis, on a dépassé l'échangeur qui mène aux ponts et à la rive sud. Il ne restait que trois ou quatre personnes âgées dans le véhicule. J'étais assise à l'arrière. On arrivait au bout de la route. Le bus a tourné dans la rue Francœur et les derniers passagers sont descendus. J'ai fait comme eux, parce que je voulais voir l'endroit où le chemin fait une boucle et revient sur lui-même.

— C'est là, paraît-il, que Jacques Cartier a passé son premier hiver en Amérique.

Elle but une gorgée de café.

— Je ne savais pas. J'étais curieuse de voir le fameux Tracel.

Mon cœur se serra quand j'entendis ce mot. Entre la route et le fleuve, dans un repli du terrain, se trouvait une voie ferrée qui menait à Montréal. Elle suivait le bord de la falaise, et tout à coup, soutenue par des chevalets en acier, elle s'élançait dans le ciel pour enjamber le village et la rivière de Cap-Rouge. C'est ce qu'on appelait le Tracel. Le train qui empruntait ce viaduc métallique, vu d'en bas, avait l'air d'une chenille se traînant sur la voûte céleste.

Je m'inquiétais parce que, de temps en temps, des gens prenaient le risque de traverser à pied ce pont vertigineux : des gens qui aimaient braver le danger ou qui voyaient la vie en noir.

Mélodie se leva et retourna dans le petit coin. Alors ce fut plus fort que moi, j'allai m'asseoir à côté d'elle. Je fis semblant de chercher un livre dans la bibliothèque, puis je m'installai par terre, le dos au mur, l'épaule tout près de la sienne.

Le silence était trop lourd, je demandai :

— Le Tracel, vous avez marché jusque-là ?

— Non. Pendant que je me dirigeais vers le bout de la route, j'ai vu quelque chose entre deux maisons. Du côté du fleuve. Quelque chose qui a capté mon œil.

Comme d'habitude, je restais là sans rien dire.

— Je suis passée tout droit, puis j'ai rebroussé chemin. Ce que j'avais vu se trouvait à l'extrémité d'un terrain, près de la falaise, derrière une petite maison blanche aux volets verts qui avait plutôt l'air d'un chalet. Savez-vous ce que c'était?

— Non.

— C'était un kiosque.

J'étais déçu. Je m'attendais à une chose rare, une chose complètement hors de l'ordinaire.

— Ah bon, un kiosque?…

— Oui, mais j'avais vu le même, quelque part durant mon enfance. Je ne pouvais pas dire si ça se passait dans la vie réelle ou seulement dans un livre, c'était trop vague.

— Et alors?

— Eh bien, j'ai eu très envie de vérifier. Je me suis avancée entre les deux maisons. Avec lenteur et précaution à cause des chiens. Je déteste les chiens. Quand on n'a pas de famille et qu'on est dans la misère, on dirait que ça les énerve et ils foncent sur nous.

Tandis qu'elle parlait, son épaule de temps en temps frôlait la mienne et je sentais que son corps était secoué de frissons. Même si nous n'avions pas le même âge, je frissonnais avec elle. Et pourtant, je reste le plus souvent enfoncé, emprisonné en moi-même, et je ne suis pas doué pour la communication.

— J'ai eu de la chance, pas de chiens en vue. Et pas de gens aux fenêtres. Mes running shoes ne faisaient aucun bruit dans l'herbe. Derrière la maison qui ressemblait à un chalet, il y avait un grand terrain. Deux ou trois chênes. À droite, une sorte d'entrepôt ou de garage. Le terrain descendait en pente et le

44

kiosque se trouvait tout en bas. Je me suis rendue là en marchant plus vite parce que j'étais à découvert et que n'importe qui pouvait me voir. Quand ils aperçoivent une personne qu'ils ne connaissent pas, les gens appellent la police. Alors, dans le kiosque, je me suis assise sur le plancher, à l'abri des regards. Au bout de quelques minutes, j'ai recommencé à me sentir bien. J'étais presque heureuse.

Elle cessa de parler. Il se faisait tard.

Avant de partir, elle colla son oreille contre le mur, comme je l'avais fait. Elle secoua la tête pour dire qu'elle n'entendait rien, puis sortit sur la pointe des pieds.

9

LES PETITS CHATS PERDUS

J'étais attiré par la belle Mélodie depuis le moment où elle m'avait dit que j'avais une place dans son cœur. Cette attirance avait grandi de jour en jour, au détriment parfois de mon travail, si bien que j'étais tout le temps en attente de sa visite.

Elle venait me voir parce qu'elle avait confiance en moi. Je n'étais pas amoureux d'elle pour autant. Il se pourrait même que je n'aie jamais aimé personne de toute ma vie : c'est plutôt moi, je dirais, qui ai toujours eu besoin d'être aimé.

N'empêche, de tous les gens que je connaissais, elle était devenue mon amie la plus proche.

Un après-midi, rentrant d'une promenade dans les rues étroites de Saint-Jean-Baptiste, je me trompai en sortant de l'ascenseur. Au lieu de me diriger vers la gauche où se trouvait mon appartement, je tournai à droite par distraction ; alors je m'avançai vers l'extrémité du couloir où j'étais presque certain que Mélodie habitait.

En approchant, j'entendis de la musique. Ou plutôt une chanson. Je distinguais sa voix un peu rauque. Elle chantait, en même temps que Guy Béart, un de mes airs préférés : *Vous*. Les deux voix se mélangeaient, elles allaient bien ensemble.

> *Quand je vais à notre rendez-vous*
> *Je me dis ce que les gens sont fous*

De ne pas suivre mes pas
C'est vrai qu'ils ne savent pas
Ce que c'est que d'être auprès de vous.

Le soir même, après le souper, on frappa doucement à ma porte. Quand j'allai ouvrir, je souriais, parce que la chanson traînait encore dans ma tête. Mélodie entra et me retourna mon sourire sans demander ce qui se passait.

Une fois installée, avec le café et tout :

— J'étais rendue à quel endroit ?

— Dans le kiosque, au bord de la falaise.

— Ah oui, le kiosque. Mais il ne se trouvait pas tout à fait au bord de la falaise.

— Non ?

— Au bout du terrain, ce n'était pas la grande falaise escarpée qui plonge vers le fleuve. Il y avait d'abord, entre deux talus herbeux, le chemin de fer dont je vous ai parlé l'autre jour.

— Oui, je m'en souviens.

Elle but, très lentement, plusieurs gorgées de café.

— Voilà, j'étais assise au fond du kiosque. Je surveillais le fleuve et les efforts que faisait un petit voilier, un simple dériveur, pour s'écarter de la route d'un énorme porte-conteneurs. Soudain, j'ai perçu un cri très faible. Comme une plainte lointaine. Je me suis levée, j'ai fait cinq ou six pas jusqu'au talus, où l'herbe était haute, et j'ai regardé partout. J'ai demandé s'il y avait quelqu'un. Là, j'ai entendu un miaulement.

— Un chat perdu ?

— Un petit chat noir et blanc. Il sortait des hautes herbes et s'est dirigé vers moi. Il avait une semaine, peut-être deux, je ne suis pas une experte. Il miaulait fort. Puis il en est arrivé un autre, et encore un autre, et un quatrième. Ils miaulaient tous les quatre, on voyait qu'ils avaient très faim. Et même, il en est arrivé

47

un cinquième. Il était roux comme moi, plus petit que les autres, il avait du mal à marcher et ne miaulait pas.

Elle quitta la chaise berçante, regarda dehors, la basse-ville et les montagnes, et revint s'asseoir. Je décidai de ne rien dire. Elle était énervée et moi aussi.

— Je ne savais pas quoi faire. Il fallait nourrir les chatons au plus vite, surtout le petit roux qui avait l'air malade, mais en même temps, je pensais à la mère ! Peut-être qu'elle s'était absentée un moment pour aller chasser et qu'elle allait revenir... Si elle revenait et ne trouvait plus ses petits dans l'herbe, j'aurais été la cause d'un désastre.

— C'est vrai.

— Mais peut-être qu'elle s'était trop éloignée et qu'elle ne pouvait plus les retrouver... Ou encore, elle avait fait une mauvaise rencontre : elle s'était battue avec un gros matou ou bien avec un chien policier et elle avait perdu la bataille. Alors les petits étaient orphelins, c'était une possibilité, vous ne pensez pas ?

— Bien sûr.

— Qu'est-ce que vous auriez fait à ma place ?

Pendant que je me demandais quoi répondre, elle se berçait, s'arrêtait, recommençait. De mon côté, je cherchais la meilleure solution dans ma tête.

— À votre place, j'aurais enlevé mon chandail à capuchon, je l'aurais étendu sur le plancher du kiosque et j'aurais installé les petits chats bien au chaud à l'intérieur. Comme ça, la mère aurait senti leur odeur en revenant. Ensuite je serais allé chez quelqu'un pour demander un bol de lait tiède.

— C'est justement ce que j'ai décidé de faire. J'ai couché les quatre chatons en boule sur mon chandail et le cinquième au milieu pour que les autres le réchauffent, et j'ai replié le capuchon par-dessus tout le monde. Soudain, au moment où je quittais le kiosque pour aller chercher du lait, j'ai vu un homme sortir de la maison et se diriger vers moi. Je l'ai attendu. Puisque j'étais chez lui, il fallait lui expliquer ce qui se passait.

— Il avait l'air de quoi?

— Un homme de grande taille, assez costaud. Les cheveux noirs et frisés. Il s'en venait les mains sur les hanches. Mais ce qui m'a frappée, c'est le drôle de regard qu'il avait.

J'attendais qu'elle m'explique.

Elle vérifia l'heure et déclara qu'il se faisait tard et qu'elle avait trop parlé. J'insistai:

— Ses yeux étaient de quelle couleur?

— Je ne sais pas s'il faut dire gris-bleu ou gris acier. En tout cas, je ne me souviens pas d'avoir vu des yeux aussi durs et aussi lumineux en même temps.

— Ça faisait peur?

Elle se mit à rire.

— Si vous pensez à des yeux qui lancent des rayons comme dans les films de science-fiction, c'est pas vraiment ça!

Son visage redevint sérieux. Avant de sortir aussi discrètement que d'habitude, elle me fit une caresse sur la joue avec la paume de sa main.

En fait, c'était plutôt aux yeux gris de mon père que je pensais, mais je gardai cette réflexion pour moi.

10

UN RÉSEAU DE FILS INVISIBLES

Une surprise m'attendait lorsque, deux semaines plus tard, Mélodie fit de nouveau entendre ce «bruit de quelqu'un qui essaie de ne pas faire de bruit».

Au lieu de reprendre son récit à l'endroit où elle l'avait interrompu à la dernière visite, elle m'avertit dès qu'elle fut installée dans la chaise berçante, en face des Laurentides:

— Monsieur Waterman…

— Oui…

— Aujourd'hui c'est spécial.

— Comment ça?

— D'habitude je viens vous raconter ce qui m'est arrivé. À présent, c'est votre tour. Vous parlez et moi j'écoute.

J'étais interloqué.

— De quoi voulez-vous que je parle?

— C'est vous qui décidez.

— J'aimerais mieux ne pas vous parler du livre que je suis en train d'écrire, ça porte malheur… Voulez-vous me faire une suggestion?

— D'accord. Racontez-moi comment la vie se passait quand vous étiez petit. Comment c'était d'avoir une famille, d'être avec des frères et sœurs…

Quand elle prononça ces derniers mots, sa voix un peu enrouée devint rocailleuse: elle me fit penser à un ruisseau sur un fond de roches. Du coup, un souvenir très ancien me revint en mémoire.

— Il y avait un ruisseau qui coulait à côté de chez nous. Un ponceau lui permettait de passer sous la route, il traversait notre cour, ainsi que le terrain du voisin, et il allait se jeter dans la rivière Chaudière. Je n'ai pas dit que mes parents tenaient un magasin général dans une grande maison à deux étages qui comprenait trois caves, deux hangars, un abri pour les voitures…

— Je sais, vous en avez parlé dans vos livres.

— Ah, j'avais oublié. De toute façon, quand on écrit, on ne s'occupe pas de la vérité. On s'occupe de la vraisemblance. On transforme les choses pour qu'elles paraissent vraies. Par exemple, j'ai écrit que j'avais un frère aîné, une sœur et un petit frère pour simplifier la narration, mais en réalité, la famille comptait sept enfants, une aide-ménagère, un commis pour le magasin, un chien qui s'appelait Colley et je ne sais combien de chats.

Pour le ruisseau, c'est vrai ou c'est vraisemblable ?

— C'est vrai, mais le souvenir dont je veux parler est plus ancien que tout ça. Il ne m'en reste que des images fugitives. Je me rappelle que mes frères et moi, après l'école ou de bonne heure le samedi, nous prenions les cannes à pêche que nous avions fabriquées nous-mêmes avec une perche, un bout de ficelle et un hameçon. Nous allions piocher des vers derrière la maison, puis nous remontions le ruisseau en nous arrêtant pour pêcher à tous les endroits où l'eau pouvait abriter du poisson.

— Vous étiez combien ?

— Deux ou trois de mes frères et moi.

— Vos parents vous donnaient la permission ?

— Non. La plupart du temps, ils ne savaient même pas où nous étions. Ma mère préparait les repas, mon père travaillait au magasin.

— Vous aviez une grande liberté.

Ce mot alluma une lueur dans les yeux de Mélodie, derrière ses lunettes orangées. Alors j'ajoutai :

51

— Oh ! ce n'était pas toujours le paradis.

— Maintenant, je ne dis plus rien et j'écoute.

— C'est compliqué, mais je vais essayer d'être aussi clair que possible.

Pour me donner le temps de réfléchir, je bus à petits coups la moitié de ma tisane à la camomille.

— Mon frère aîné et moi, une année seulement nous séparait : les enfants se suivaient de près à cette époque. Et comme nous avions presque le même âge, nous étions chaque jour en compétition. Entre nous deux, il fallait décider qui était le meilleur. Je veux dire, qui attrapait le plus gros poisson, qui avait les meilleures notes en classe, qui s'assoyait à l'avant dans l'auto, qui courait le plus vite, qui grimpait le plus haut dans les arbres, qui jouait le mieux au tennis, qui apprenait le premier à faire du vélo, qui avait le droit de conduire le vieux pick-up Ford sur les genoux de notre père... On voulait être le premier, le plus fort : la rivalité ne s'arrêtait jamais, sauf lorsqu'une bataille nous opposait aux enfants des alentours.

Mélodie me regarda, l'air interrogateur.

— Les autres enfants étaient nos compagnons de jeu, mais quelquefois, pour un oui ou pour un non, une discussion éclatait et tournait en chicane. C'était la bataille à coups de poing et de pied. La compétition entre mon frère et moi prenait fin, nous devions joindre nos forces pour venir à bout de nos adversaires et sauver l'honneur de la famille.

Je voyais dans les yeux de Mélodie qu'elle voulait savoir si nous avions du succès.

— Non, les autres enfants étaient plus gros et plus forts que nous... Mais rassurez-vous, la famille ne se limitait pas à la concurrence et aux batailles. Il y avait des moments très doux. Par exemple, les fins d'après-midi, quand ma mère nous lavait les cheveux à tour de rôle. On s'allongeait sur le comptoir de la cuisine, une serviette autour du cou, la tête légèrement ployée vers l'arrière, au-dessus d'un bassin d'eau tiède posé dans l'évier. Elle nous lavait les cheveux en utilisant du shampoing Halo et en prenant soin de ne pas nous mettre du savon dans les yeux... Ou bien après le souper, à la brunante, quand mon père nous promenait dans sa Buick d'un bout à l'autre du village. Il s'arrêtait au bord de la route, du côté de Saint-Ludger, pour nous montrer les chevreuils qui sortaient du bois et venaient boire à la rivière... Ou encore quand nous étions tous réunis dans le salon avant d'aller dormir. Nous écoutions la radio, et chacun était occupé à quelque chose de particulier. Les enfants faisaient leurs devoirs, ma mère assemblait les morceaux d'un casse-tête sur une table à cartes, mon père lisait un article dans le dernier numéro du *National Geographic*... Chacun de nous était absorbé par ce qu'il faisait, en apparence tout seul au monde, et pourtant nous étions reliés les uns aux autres par un réseau de fils invisibles. C'est ce qui s'appelle, j'imagine, la famille.

Il commençait à se faire tard, je m'arrêtai là.

Nous avions oublié le voisin.

Mélodie souriait à présent. Elle quitta sa chaise en même temps que moi. Avec des gestes lents et une sorte de chaleur à laquelle je ne m'attendais pas, elle noua ses mains derrière mon cou et m'embrassa sur les lèvres.

— Ça pique ! dit-elle en riant.

— C'est ma barbe, je l'ai raccourcie aujourd'hui.

— Dans une semaine, elle va se coucher et ça ne piquera plus du tout.

Elle se dirigea vers la sortie.

Il était onze heures moins quart à ma montre.

— Je pense que je vais me coucher bientôt moi aussi.

C'était une mauvaise blague, mais j'avais une excuse : j'étais encore tout énervé d'avoir senti la chaleur de son corps et la douceur de son haleine quand elle m'avait embrassé si tendrement.

11

UN CURIEUX BOUNCER

Mélodie revint une semaine plus tard. Ou peut-être deux, je ne me souviens pas au juste.

Elle reprit le récit de sa visite à Cap-Rouge.

— Les chatons s'étaient endormis. L'homme s'est approché du kiosque et m'a dévisagée de ses yeux gris et lumineux.

— À votre place, j'aurais été inquiet.

— J'étais surtout inquiète pour les petits chats.

— Qu'est-ce qu'il a dit?

— Il m'a fait des reproches. On a eu une discussion. Il avait une voix très douce pour un homme de sa taille.

— *Qu'est-ce que tu fais là?*

— *Vous êtes pas content parce que je suis chez vous...*

— *J'aime pas beaucoup être envahi.*

— *Désolée... Mais une chance que je suis venue!*

Je félicitai Mélodie pour son sang-froid. Ensuite, je lui demandai:

— Est-ce qu'il était vraiment en colère?

— Non, il essayait de m'impressionner. Je lui ai fait signe de s'approcher. Il a appuyé ses coudes sur la rambarde du kiosque et s'est penché vers l'intérieur. J'ai déplié mon chandail gris à capuchon. Tout de suite il a protesté:

— *T'es venue avec des chats? Je peux pas le croire!*

— *Mais non, j'étais assise dans le kiosque et je regardais le fleuve. Les petits chats sont arrivés en miaulant. Ils sortaient* de l'herbe haute du talus. Ils meurent de faim et il y en a un, le petit roux, qui n'est pas en forme.

— Et la mère ? Dis-moi pas qu'ils n'ont pas de mère !

— Je l'ai pas vue.

— T'as quel âge ? Seize ans ?... Dix-sept ?...

— Dix-huit.

— C'est quoi, ton nom ?

— Je m'appelle Mélodie. Vous allez me faire subir un interrogatoire ?

— Tu débarques chez moi... Je veux savoir à qui j'ai affaire, c'est normal, non ?

— Oui, mais il y a quelque chose de plus urgent.

— Quoi, par exemple ?

— Il faut prendre soin des chats.

— J'ai pas le temps, mais si tu veux t'en occuper...

La fille s'arrêta et but un peu de café. Elle grimaça, alors je compris qu'il était froid. J'allai le mettre quelques instants au micro-ondes.

— L'homme, très lentement, m'a examinée de la tête aux pieds. Mes cheveux très courts, mon t-shirt noir un peu trop serré, mon jean bleu déchiré aux genoux. Mais j'étais habituée à ce genre de comportement.

— D'accord, je m'en occupe. Pour commencer, il faudrait du lait tiède. Un bol de lait et une grande assiette. Je m'excuse, mais ça presse à cause du chaton roux qui est plus faible. S'il vous plaît...

— J'y vais, mais ça fait pas mon affaire.

— Il a tourné les talons et remonté le terrain, et il est passé par la porte de la cave, à l'arrière de la maison. Quelques minutes plus tard, je l'ai vu revenir avec une grande assiette en aluminium sous le bras et un bol qu'il tenait à deux mains pour ne pas le renverser. Il a pris un ton cérémonieux.

— Voilà, mademoiselle.

— J'ai posé l'assiette sur le plancher du kiosque et je l'ai remplie de lait tiède. Aussitôt, les chatons se sont approchés et ont pataugé dans le lait, qu'ils lapaient goulûment en faisant gicler le liquide aux alentours. Mais le petit roux est resté tout seul à l'écart. Il n'avait pas la force de se faire une place au milieu des autres. J'ai plongé un doigt dans le liquide tiède, puis je l'ai frotté doucement sur son museau. Il n'a même pas eu le réflexe de sortir la langue pour attraper un peu de lait.

— Il était trop faible.

— Oui, alors j'ai dit à l'homme qu'il fallait un compte-gouttes ou un truc de ce genre.

— *J'ai d'autres choses à faire que de m'occuper de ta maudite gang de chats. Viens avec moi, je pense qu'il y a tout ce qu'il faut dans l'ancien garage. Ensuite tu te débrouilleras toute seule.*

— Je lui ai emboîté le pas.

— Il avait l'air de quoi, ce garage ?

— Un bâtiment assez grand. Juste un étage. Je l'avais remarqué en arrivant. Il se trouvait à la lisière du terrain, en oblique par rapport à la maison. L'extérieur donnait une mauvaise impression parce que plusieurs bardeaux d'asphalte se détachaient du mur. Toutefois, en entrant, j'ai vu que c'était un appartement, une sorte de loft. J'étais très étonnée.

— *Quelqu'un habite ici ?*

— *Ça te regarde pas.*

— *Excusez-moi. Vous n'aimez pas les questions…*

— *Toi non plus. On dirait qu'on est un peu pareils, non ?*

— Il a ouvert une armoire à pharmacie dans un coin où se trouvaient également une douche, un lavabo et une toilette. Juste à côté, j'ai vu une mini-cuisine, un lit et un genre de séjour avec bibliothèque. Tous ces éléments étaient séparés par des murets. Plusieurs fenêtres munies de rideaux s'ouvraient sur le terrain et sur le fleuve, mais les murs qui donnaient sur la maison voisine ou sur la rue étaient aveugles. Il m'a remis un compte-gouttes et m'a fait une proposition. Dans sa voix, il y avait moins d'agressivité.

— *Tu ne serais pas mieux installée ici avec tes chats que dans le kiosque ?*

— *Bien sûr, mais il faut que je reste près du talus toute la journée, au cas où la mère reviendrait.*

— *Tu penses qu'elle va revenir, qu'elle va sentir l'odeur des chats et qu'elle va les retrouver dans le kiosque ?*

— *Il y a une chance, une toute petite chance, alors…*

— J'ai écarté les mains et haussé une épaule, la tête sur le côté, pour dire que je n'avais pas le choix à cause de la «petite chance». L'homme avait les yeux rivés sur moi. Je suis sortie rapidement du garage avec le compte-gouttes. Dans le kiosque, les chatons avaient fini de boire. Le poil sale et tout couetté, ils dormaient en boule, collés les uns aux autres, excepté le petit roux.

— Qu'est-ce que vous avez fait?

— Je l'ai pris dans mes bras. Ensuite j'ai rempli le compte-gouttes et j'ai fait tomber un peu de lait dans sa bouche. Il a péniblement avalé le liquide. Puis je l'ai déposé au centre de la petite famille pour qu'il reçoive un minimum de chaleur.

— Il n'allait pas bien du tout?

— Non. C'est ce que j'ai dit à l'homme.

— *J'espère que la mère… sinon il ne tiendra pas le coup. Si ça vous dérange pas, je vais rester ici. Je vais l'attendre jusqu'à ce soir.*

— *Ça me dérange pas. Mais il faut que je m'occupe de mes affaires et que j'aille à l'épicerie. À midi, je vais te ramener des choses à manger.*

— *Merci beaucoup.*

— *Tu peux te servir du garage.*

— *C'est gentil. Je peux vous demander votre nom ?*

— *On aime pas trop les questions ni l'un ni l'autre. Par contre, je sais que tu t'appelles Mélodie et je devine que tu es en fugue. Alors, pour qu'on soit à égalité, je peux te dire que moi je m'appelle Boris et que je travaille dans un bar comme bouncer. Il y en a qui disent «videur».*

— Sur ce, il m'a tourné le dos et s'est dirigé vers sa maison. Il a changé d'idée et il est revenu.

— *J'oubliais… Si tu peux, essaie de ne pas trop te faire voir.*

— *Pourquoi ?*

— *Tu es probablement pas majeure, alors j'ai pas envie d'avoir la visite des flics. Tu comprends ?*

— *Oui.*

— *Par exemple, tu pourrais éviter de traîner sur le terrain.*

— Brusquement, il s'est mis à rire.

— *Boris, c'est pas mon vrai nom. Un soir, je suis allé dans un bar pour demander du travail. La musique était assourdissante. Quand j'ai dit que je m'appelais Maurice, le patron a compris Boris et le nom m'est resté.*

— Cette fois, il s'en est allé pour vrai. Je l'ai vu entrer chez lui, toujours par la porte de la cave. Alors je me suis assise dans le kiosque, à côté des chatons endormis, pour attendre des nouvelles de la mère.

Après le départ de Mélodie, mon sommeil fut troublé par des questions n'ayant, en apparence, aucun rapport avec ce qu'elle venait de raconter. Je me demandais pour quels motifs précis elle s'inquiétait de la présence de mon voisin, et si elle allait bientôt me donner des explications.

12

UNE PEUR MALADIVE DU BRUIT

C'était à mon tour de raconter.

Depuis son arrivée, ce soir-là, Mélodie avait à peine ouvert la bouche. Même pas une allusion au voisin. Elle se berçait en attendant que je me décide. J'avais utilisé le Jig-A-Loo et sa chaise ne couinait plus.

À force de vivre seul, on perd l'habitude et le goût de parler. J'hésitais à choisir tel sujet plutôt que tel autre. La fille me suggéra de raconter quelque chose en rapport avec mon métier.

Tandis que je préparais le café et la tisane, je me rappelai une série d'événements qui étaient survenus à la fin de mon séjour en France.

J'apportai les boissons sur la desserte.

— Est-ce que je vous ai déjà parlé de l'ancienne loge de concierge où j'ai longtemps vécu, à Paris ?

— J'ai entendu ou j'ai lu ça quelque part...

— Au-dessus de ce minuscule appartement habitait une gentille petite vieille qui se déplaçait toujours en pantoufles pour éviter de faire du bruit. Un jour, elle tomba malade et mourut. Les héritiers vendirent son cinq-pièces à un Belge qui avait fait fortune au Congo. Alors mes problèmes commencèrent.

— Des problèmes de bruit, je suppose ?

— Oui. Le nouveau propriétaire et sa femme trouvaient le logement trop vieux. Ils s'adressèrent à une entreprise pour tout rénover. Les ouvriers arrachèrent les tapis qui avaient l'avantage d'assourdir le bruit des pas, installèrent un parquet en bois, abattirent des cloisons, remplacèrent portes et fenêtres, démolirent les murs pour refaire l'électricité et la plomberie, et cassèrent à coups de pioche les carreaux de la salle de bain.

— J'imagine le vacarme !...

— Le bruit commençait à sept heures du matin. J'étais dans un lit-mezzanine, la tête à quelques pieds seulement du plafond. Je me réveillais en sursaut, le cœur battant et les nerfs à fleur de peau. Les ouvriers travaillaient jusqu'en fin d'après-midi, ensuite c'étaient les proprios qui prenaient la relève, souvent jusqu'à dix heures du soir. J'étais très agacé par la femme, du genre pète-sec, qui faisait claquer ses talons hauts sur ma tête comme un pic-bois. Pendant ce temps-là, j'essayais d'avancer mon roman. Évidemment, les boules Quiès ne suffisaient pas à bloquer le bruit des marteaux, des scies, des perceuses. Le plafond et les murs n'arrêtaient pas de vibrer. Mon unique fenêtre se remplissait de poussière. Ma vie était devenue un enfer.

— Vous ne pouviez pas aller écrire dans un café ?

— Pour travailler, j'avais besoin d'une installation spéciale à cause de mon dos. Je ne pouvais pas imiter Hemingway qui laissait son appartement de la rue du Cardinal-Lemoine et allait s'asseoir avec papier et crayons dans un bistrot, place de la Contrescarpe, où il écrivait des histoires se déroulant dans son Michigan natal.

— Avez-vous pensé à déménager ?

Mélodie sympathisait avec moi. Alors je pris le temps de lui expliquer :

— Lorsque, par chance, je voyais une annonce d'appartement à louer dans un journal ou une agence immobilière, je me trouvais en concurrence avec une longue file de candidats qui avaient tous en main une attestation de salaire garantissant leur capacité de payer le loyer, ce que je ne possédais pas. Je n'étais pas de taille.

— C'est le lot des écrivains.

— Les travaux duraient depuis trois mois. J'avais sans cesse peur du bruit, j'étais en train de perdre la raison. Mais il m'est venu une idée. Avant de m'installer à Paris, je m'étais procuré un très vieux *campeur* Volkswagen et, dans cette ruine ambulante, j'avais entrepris une grande tournée à la recherche de la plage idéale : une étendue de sable fin à perte de vue et aussi déserte que possible. À cette époque, je pouvais conduire pendant de longues heures. Rendu au bord de la Méditerranée, dans le Sud-Ouest, je m'étais arrêté au camping le plus près de Sète.

— Sète, ce n'est pas la ville de Brassens ?

— Oui, et celle de Paul Valéry. Je suis allé voir sa tombe au flanc d'une colline qui se jette dans la mer, et en admirant celle-ci, en contrebas, survolée par les mouettes, j'ai compris pourquoi il la décrivait comme « un toit tranquille où marchent les colombes ».

— Très belle image…

— Mais à présent je ne sais plus du tout ce que je disais.

— Vous parliez d'un camping.

— Ah oui… J'étais dans ma loge de concierge, au milieu du bruit qui me rendait fou, quand j'ai repensé à ce camping. Il accueillait les motorisés, les tentes-roulottes et toutes sortes d'abris individuels, mais en plus il était équipé de maisons mobiles. Alors un espoir s'est allumé dans mon cerveau : si je pouvais louer un de ces mobil-homes, que les Français prononçaient *mobiloumes*, personne ne pourrait plus me taper sur la tête. À partir de ce moment, tout s'est passé très vite. En deux jours, une copine m'a conduit à cet endroit dans une voiture louée chez Hertz, pendant que j'étais allongé à l'arrière, sur la banquette, à cause de mon foutu mal de dos. C'était le mois d'avril, le camping venait d'ouvrir et il y avait beaucoup de places libres. Je me suis installé le plus loin possible des autres locataires. J'ai commencé à me détendre.

— C'était pas trop tôt!

— Vous pouvez le dire. Bien sûr, ce n'était pas le parfait bonheur. Je vivais dans une maisonnette sur roues qui n'avait même pas d'eau courante. Pour la douche et les toilettes, il fallait se rendre au bloc central, et le temps était froid et venteux. Mais, au moins, je pouvais travailler sans craindre le bruit.

— Vous n'avez pas eu le goût de prendre congé?

— Comment?... Un congé?

— Mais oui. Avec votre copine, par exemple.

— J'avoue que je n'y ai même pas pensé!

— Vous aimez beaucoup votre travail!

— Oui, mais je n'ai pas eu la paix très longtemps. Aussitôt que la chaleur est arrivée, mon pauvre *mobiloume* a été encerclé par une horde de vacanciers venus de l'Europe du Nord, surtout des Allemands et des Anglais. Ils s'ajoutaient aux Français qui, fidèles à la tradition, descendaient tous en même temps vers les plages de la Méditerranée pour leur congé annuel.

— Le bruit recommençait.

— C'était pire que dans ma loge de concierge. J'étais assailli, serré de près. La nuit, je rêvais qu'un policier me criait dans un porte-voix: «Rendez-vous! Vous êtes cerné, vous n'avez aucune chance!»

Mélodie eut un bref sourire et je poursuivis:

— Je détestais en particulier le cliquetis que les joueurs de pétanque produisaient sous mes fenêtres lorsque, les mains dans le dos, attendant leur tour, ils faisaient s'entrechoquer les boules de métal. Ce bruit me rendait malade et je voyais bien que ma nervosité, en trois mois de paix relative, n'avait pas eu le temps de s'atténuer.

— Alors vous êtes parti?

— Il fallait que je m'en aille. J'étais si énervé qu'il m'arrivait d'ouvrir la fenêtre et de lancer mon eau de vaisselle sur les pieds des joueurs de boules.

— C'est pas très poli...

— Non. Mais un jour, en furetant dans les petites annonces du *Sud-Ouest*, je suis tombé sur une offre très alléchante. Quelqu'un proposait, à côté de Collioure, dans les Pyrénées-Orientales, un studio en face de la Méditerranée, avec balcon, tranquillité garantie. Exactement ce qu'il fallait à une personne allergique au moindre bruit. Je téléphonai tout de suite. Le surlendemain, je vis arriver le propriétaire, photos en main et contrat de location en poche. L'un des clichés montrait que le studio faisait partie d'un groupe de six, mais l'homme jura que les cinq autres n'étaient jamais occupés. J'ai signé le bail sans hésiter. En plus, je me suis acheté une Peugeot 205, légèrement bosselée, mais en bon état, parce que mon nouveau logement était situé à distance égale de deux villages blottis entre la mer et la montagne...

— Collioure, d'un côté...

— Oui, et de l'autre, Port-Vendres. Comme le nom le dit, un port de pêche, dont l'histoire remontait au Moyen Âge.

— Donc vous étiez content...

— Au début, tout allait bien. Le propriétaire était l'homme le plus aimable du monde. Afin de ménager mon dos, il s'était occupé de placer mes bagages dans l'auto et sur le toit, et me conduire à Collioure. Il m'avait fait visiter les deux villages, avant d'installer mes affaires dans le studio. J'étais très impressionné par tout ce que je voyais et, en particulier, par le balcon suspendu au-dessus des rochers battus par les vagues. Non seulement j'arrivais à travailler, mais en plus je m'étais fait des amis. Nous allions ensemble voir les pêcheurs à Port-Vendres, ou bien flâner dans les rues étroites de Collioure.

— C'est vraiment un village spécial?

— Oui, surtout à cause de la lumière. D'ailleurs, elle a séduit plusieurs peintres, dont Matisse, Derain, Braque, Picasso...

Mélodie ouvrait des yeux ronds et je multipliais les détails. Mais il fallait aussi que je souligne les aspects négatifs.

— Le propriétaire n'avait pas dit la vérité. Le studio voisin du mien était loué tous les week-ends, et parfois durant la semaine, à des groupes de touristes. Ces vacanciers ne se privaient pas de rire et de chanter en buvant un coup, et parce que le mur mitoyen était mince comme du carton, je les entendais festoyer jusqu'à tard dans la nuit. Bref, mon studio, qui devait être un endroit de rêve, s'avérait aussi bruyant que l'avaient été ma loge parisienne et le *mobiloume* du camping. À vrai dire, je le trouvais même plus déplaisant, car les mauvaises expériences avaient accru mon intolérance aux bruits de voisinage.

— Encore une déception! Qu'est-ce que vous avez fait?

— Je me levais tôt, pendant que les fêtards dormaient, et j'essayais de travailler, puis j'allais me balader à Collioure. Je parcourais la place carrée où se tenait le marché public, ensuite je descendais dans le lit de torrent, ordinairement à sec, qu'on avait construit pour concentrer les eaux en crue dévalant la montagne. Et à la fin, je montais un escalier qui menait au cimetière.

— Le cimetière vous attirait?

— Pour y arriver, il fallait emprunter une ruelle bordée de murets sur lesquels des chats se prélassaient au milieu des grappes de fleurs roses dont j'ai oublié le nom.

— Donc, c'était plutôt le trajet que vous aimiez.

— Non, j'aimais le cimetière lui-même à cause de la tombe d'un poète espagnol, Antonio Machado, qui avait lutté contre le régime de Franco. Il s'était exilé en compagnie de sa mère. Arrivé à Collioure, malade et à bout de forces, il était mort trois semaines plus tard. À côté de sa tombe, creusée près d'un figuier, se trouvait une boîte en verre dans laquelle les touristes espagnols venaient glisser un mot pour lui dire qu'ils l'aimaient toujours. J'avais en mémoire un vers de Machado. Un vers qui disait *Caminante no hay camino*, ce qui signifie : «Toi qui marches, il n'y a pas de chemin.»

Mélodie me demanda un bout de papier et un stylo, et elle prit note de cette phrase, qu'elle craignait d'oublier. Après quoi, sans faire de bruit à cause du voisin, elle se retira, disant qu'il commençait à se faire tard.

Je me couchai rapidement. Le sommeil ne venant pas, je terminai dans ma tête le récit que j'avais laissé en plan.

Dans mon studio presque neuf, construit entre les deux villages, les locataires se faisaient de plus en plus bruyants. Incapable de supporter leur présence, je devins nettement irascible. Après avoir cherché en vain un autre logement, je décidai de rentrer à Paris et, pour ne pas sombrer dans la folie, de retourner au Québec.

Allongé sur trois fauteuils dans la dernière rangée de l'avion, j'avalai deux comprimés de Lexomil pour tenter de dormir, mais je ne parvins qu'à somnoler par moments et à rêvasser. Comme le voyage durait entre sept et huit heures, une foule de souvenirs me revenaient en mémoire.

Une scène en particulier. J'étais tout petit, la famille ne comprenait alors que deux enfants, moi et mon frère aîné, nous étions attablés dans la cuisine avec mon père et un drame se déroulait.

Mon père était un grand bonhomme de six pieds, très gentil, mais sujet à de violentes colères. Ce jour-là, parce que mon frère, têtu comme d'habitude, refusait de vider son assiette, il tapait du poing sur la table en hurlant qu'on allait voir lequel des deux était le plus fort et le vrai chef de cette famille.

J'étais terrorisé.

Alors, dans le Boeing qui me ramenait au pays, bien allongé et à demi ensommeillé, je me demandais si cette scène de ma petite enfance n'était pas la cause première de ma peur maladive du bruit.

13

LA BOÎTE DE CHAUSSURES

Mélodie se berçait plus vite que de coutume.

Avant de poursuivre son récit, elle mentionna qu'elle était descendue à la piscine de la Tour pour se détendre les muscles, car elle avait transporté des dictionnaires tout l'après-midi.

Elle faisait des longueurs en nageant le crawl. Quand elle arrivait au mur, elle s'amusait à plonger sous l'eau à la manière des athlètes olympiques. Soudain, elle avait aperçu un homme qui l'observait par la fenêtre de la porte située près de la salle de lavage. Elle ne l'avait vu qu'une seconde, mais il lui avait semblé que c'était le même homme qui la regardait en silence presque tous les jours à la bibliothèque.

J'étais inquiet moi aussi, mais ne trouvant pas les mots pour le dire, je me tus et lui tendis son café. En buvant à petits coups, elle retrouva son calme et je tentai de la ramener au récit qu'elle avait commencé.

— Alors, la mère des chatons, elle est venue?

— Non.

Son visage s'assombrit.

— Je suis restée dans le kiosque toute la journée. De temps en temps, pour ne pas m'ankyloser, je descendais le talus jusqu'à la voie ferrée. J'appelais la chatte en marchant sur les rails, mais elle n'était pas là. Tout ce que j'ai entendu, c'est des jappements de chiens. J'ai bien vu que c'était pas un endroit facile pour les chats.

— Et Boris?

— Il est revenu à l'heure du dîner, comme il l'avait dit, avec un gros sac d'épicerie. Du pain, de la margarine, des œufs, du jambon, du lait, du fromage... Il a déposé la nourriture dans le garage et il a fait des sandwichs qu'il est venu manger avec moi.

— C'est gentil, non, pour un bouncer?

— Oui, mais il avait son air bizarre. Comment vous expliquer... Nous autres, les filles, quand certains hommes nous reluquent, on voit bien qu'ils nous déshabillent. Mais vous savez ça...

J'avalai ma salive.

— Bien sûr.

Me levant de ma chaise, je lui tournai le dos pour aller réchauffer son café. Je pris mon temps, je me préparai une nouvelle tisane, de sorte que mon air coupable avait certainement disparu quand je revins avec les tasses.

— Comment allaient les chatons?

— Boris a fait tiédir du lait dans le garage, et je les ai nourris plusieurs fois dans l'après-midi. Ils se sont encore mis à quatre pattes dans la grande assiette en aluminium. Si la mère avait été là, elle les aurait léchés pour les nettoyer, alors je les ai essuyés de mon mieux avec une débarbouillette. Pour ce qui est du petit roux, je l'ai fait boire au compte-gouttes, mais il n'a presque rien avalé. J'ai placé les chatons dans un panier, le plus petit au milieu, enroulé dans mon chandail gris. Ensuite Boris est retourné chez lui.

— Et vous?

— J'ai redescendu le talus et marché dans les deux directions en appelant la mère. Je suis allée plus loin que la fois d'avant. Non seulement il n'y a pas eu de réponse, mais je me suis fait poursuivre par les chiens du troisième ou quatrième voisin. Deux gros chiens policiers. Je suis revenue au kiosque en courant. Et là, le petit roux...

Je retenais mon souffle.

— Oui…

— C'est ma faute. Le lait était trop riche pour lui, j'aurais dû le savoir. C'était impossible à digérer. Il aurait fallu lui donner seulement de l'eau pour commencer.

Sa voix se brisa, et moi, comme un zouave, un ermite, un écrivain renfermé, je ne trouvai pas les mots pour la consoler. Elle but encore quelques gorgées de café. Son visage, d'ordinaire si joli, était tout défait.

Je vidai ma tasse de tisane afin de l'accompagner au moins de cette façon, même si mon geste avait l'air insignifiant. Un moment plus tard, elle reprit :

— Il fallait l'enterrer, alors je suis allée dans le garage pour chercher une pioche, une bêche, un outil de ce genre. J'ai trouvé une pelle ronde et, au fond d'une armoire, une boîte à chaussures vide. En sortant, je suis arrivée face à face avec Boris. Les bras croisés, les yeux durs, mais la voix douce : *Qu'est-ce que tu fais ?* J'ai répondu : *Ça se voit, non ?* Il m'a accompagnée vers le bas du terrain et, pendant qu'on marchait en silence, je me suis dit qu'il devait passer son temps à m'observer par la fenêtre.

Après quelques instants d'hésitation, je demandai :

— Et ensuite ?

— On est allés ensemble au kiosque. J'ai déposé le petit roux dans la boîte à chaussures et j'ai ajouté des marguerites et une épervière. L'épervière orangée, c'est la fleur que je préfère. Quand je me suis mise à creuser un trou dans le gazon, entre un chêne et le bord du talus, Boris a crié : *Non ! pas là !* J'ai demandé pourquoi. *Pas là, il y a déjà une…* Il n'a pas dit le dernier mot, et j'ai vu qu'il était de mauvaise humeur.

Mélodie s'interrompit.

Je n'eus pas besoin d'une longue réflexion pour comprendre que le dernier mot était *fosse*, mais je gardai cette opinion pour moi. Le visage de la fille, ce soir-là, montrait des signes évidents de fatigue. Ses taches de rousseur étaient plus nombreuses et plus foncées.

— Voulez-vous un autre café?

— Non merci. Comme j'ai commencé à parler du petit chat, il faut que je me rende jusqu'au bout. Ensuite je vous laisse dormir.

Après un moment de silence, elle raconta que Boris, l'air bougon, lui avait pris la pelle des mains et, ayant choisi un endroit du talus où, selon lui, la terre devait être plus meuble et dénuée de racines, il avait découpé un rectangle de gazon puis creusé rapidement un trou. Elle s'était mise à genoux pour déposer la boîte dans la fosse, après avoir vérifié que la tête du chaton se trouvait bien orientée vers le fleuve. Ensuite il avait enterré la boîte et remis le morceau de gazon à sa place. Pendant qu'il allait ranger la pelle dans le garage, elle avait fait une prière mentale pour souhaiter bon voyage au petit roux.

— Voilà, c'est tout.

— Boris est revenu vous voir?

— Non, il est rentré chez lui. Comme d'habitude, il est passé par la porte de la cave. Je me suis assise dans le kiosque, avec les quatre chats, et j'ai réfléchi à ce que j'allais faire.

Elle se tut et je n'osai pas lui poser d'autres questions.

Lorsqu'elle eut prêté l'oreille au voisin et quitté mon appartement, je me couchai en me disant que ce n'était pas une bonne journée. Le matin, j'avais mal travaillé. Ce n'était pas une bonne journée ni pour moi, ni pour elle, ni pour personne.

14

LA DÉRISION

Mélodie commença par ouvrir la porte coulissante du balcon. Courbée au-dessus de la balustrade, elle jeta un œil vers les fenêtres du voisin et me fit signe qu'il n'y avait rien à voir.

Encore une fois, c'était à mon tour de raconter.

Bien qu'introverti, je le faisais de bon gré. Je m'étais rendu compte d'une chose importante : les récits en alternance avaient le don, presque magique, de nous rapprocher. Comment pouvait-on expliquer ce phénomène ? N'étant expert ni en linguistique ni en psychologie, je n'en savais rien. Mais je sentais que chacune de nos histoires faisait battre nos cœurs à l'unisson. C'était comme si nous partagions la chaleur d'un feu de bois.

— De quoi voulez-vous que je parle aujourd'hui ?

— Dites-moi ce qui s'est passé pour votre premier roman. Ce qui vous a donné le goût d'écrire, et tout ça.

Je fis rapidement une soustraction : la date de publication moins l'année de ma naissance, puis j'enlevai encore deux ans pour la rédaction du livre.

— J'allais avoir vingt-huit ans. Aucune confiance en moi-même. J'avais prolongé mes études parce que j'ignorais ce que je voulais faire dans la vie. Maigre et timide, je n'intéressais pas les filles. Je promenais mon âme en peine dans les ruelles du Vieux-Québec. Vous allez rire, je me revois, assis sur un banc de la terrasse

Dufferin, par une douce soirée de printemps, en train de lire *La nausée* de Sartre... Mais un beau matin...

— Oui?

— J'ai compris que je perdais mon temps. Il était urgent que je prenne ma vie en main, que je commence à faire quelque chose de sérieux. Comme j'aimais bien la lecture et que j'avais une certaine facilité pour la rédaction, j'ai entrepris un roman. Je me disais que si je consacrais quelques heures par jour à ce projet, au bout de deux ans, le livre serait terminé.

— Avez-vous fait un plan?

— J'ai essayé, mais sans succès. Peut-être que je n'ai pas l'esprit de synthèse. Peut-être que je manque d'imagination.

— Alors, comment avez-vous réussi à écrire le début?

Mélodie était assise en face de moi, le dos à la fenêtre, contrairement à son habitude. Elle mit sa chaise en biais, laissa tomber ses sandales et posa ses pieds nus sur mes genoux. Je fis semblant de ne pas être surpris. Les bras croisés derrière la tête, les yeux mi-clos, elle peignait sa chevelure rousse avec ses doigts.

Je m'éclaircis la gorge.

— C'est assez simple. D'instinct, je me suis mis à écrire avec un *je*. Et j'ai choisi, comme narrateur, un jeune homme de mon âge vivant dans le Vieux-Québec, avec le même caractère et les mêmes soucis que moi.

— L'écriture a été difficile?

— Non. Quand on est sans expérience, on ne voit pas les problèmes. Autant que je me souvienne, les mots coulaient avec facilité. Je travaillais très régulièrement. Et j'avais un ami plus doué que moi en français et pourvu d'un meilleur sens critique. Très patient, il lisait mes chapitres dès qu'ils étaient terminés. Ses remarques et corrections m'ont été très précieuses. J'ai écrit le mot «Fin» après deux années de travail, comme prévu.

— Bravo pour vous! J'imagine que vous étiez content de vous-même…

— Content d'avoir fini, mais inquiet parce que j'ignorais si le livre était bon.

— Vous avez posé la question à votre ami?

— Oui. Au lieu de répondre, il m'a suggéré d'envoyer le manuscrit à un éditeur. Je l'ai fait parvenir à Jacques Hébert, qui dirigeait les Éditions du Jour. Dans ce temps-là, c'était la maison la plus populaire. Il me semble que les livres se vendaient deux dollars. Monsieur Hébert m'a écrit que le roman lui plaisait beaucoup et qu'il voulait le publier. Tout de suite j'ai pris l'autobus pour aller le rencontrer à Montréal. Il n'était pas heureux de me voir.

— Est-ce que vous êtes débarqué chez lui sans avoir écrit, ni téléphoné, ni rien?

— Exactement! Il avait du travail par-dessus la tête.

— Il vous a mis à la porte?

— Non, il m'a mis dans un bureau en me demandant d'écrire une courte présentation pour la quatrième de couverture. En quelque sorte, un résumé de l'histoire. J'ai travaillé là-dessus pendant une demi-heure. Il a lu ce que j'avais écrit. C'était mauvais, à son avis : « Ne vous adressez pas à un intellectuel, mais plutôt à une femme au foyer, une femme qui travaille dans sa cuisine! »

— Il a vraiment dit « une femme au foyer »?

— Oui. J'ai composé un deuxième texte. « C'est un peu mieux! » Un troisième. « Ça va! » Alors je suis retourné à Québec en autobus. J'ai reçu des épreuves à corriger. Ensuite les Éditions du Jour ont organisé un petit lancement. J'étais très intimidé. Des amis m'ont réconforté, mais il y avait aussi des journalistes. J'ai dit à Jacques Hébert que je ne voulais pas répondre à leurs questions. Je préférais laisser les lecteurs se débrouiller tout seuls, je ne voulais pas m'interposer entre eux et le livre.

— Je devine qu'il n'était pas d'accord...

— C'est ça. Il m'a présenté un vieux journaliste anglophone qui tenait une chronique littéraire dans le *Montreal Star,* ou un autre quotidien. Il m'a dit: «Écoute un peu, voici un très gentil monsieur qui s'efforce de faire connaître la littérature québécoise aux Anglais, tu ne peux pas lui refuser une entrevue.» Je n'ai pas eu le choix, j'ai répondu à ses questions et à celles des autres journalistes. C'est ainsi que j'ai renoncé à mon intention de rester dans l'ombre et de fuir le petit monde littéraire, à la manière de Ducharme.

— Qu'est-ce qui s'est passé ensuite? Les critiques?

— Oui, j'ai acheté les journaux, tous les journaux, pour voir si on avait écrit quelque chose à propos de mon livre. Je ne vivais plus. J'étais un mélange d'espoir et d'anxiété.

Mélodie approcha encore sa chaise et poussa ses pieds un peu plus haut sur mes jambes. Je répondis à la question muette que je lisais dans ses yeux:

— La première critique, je l'ai trouvée dans un hebdomadaire à fort tirage qui s'appelait *Le Petit Journal* ou bien *Photo-Journal,* je ne me souviens plus. L'article occupait le tiers d'une page. On voyait ma photo avec mon nom et la mention ENNUYEUX. Le journaliste consacrait la plus grande partie de sa critique à se moquer de moi, il tournait mon roman en ridicule. Comprenez-vous, c'était mon premier livre, c'était la première fois qu'on parlait de moi dans le journal et on le faisait avec dérision! J'étais triste, démoralisé, complètement anéanti.

Mélodie me caressa très doucement le haut des jambes avec ses pieds nus.

— C'est vraiment pas de chance. Comment avez-vous fait pour vous en remettre?

— Il y a eu d'autres critiques. L'une d'elles était très favorable. Plusieurs m'ont paru nuancées et instructives. Elles m'ont donné l'envie de prouver à tout le monde que je pouvais faire mieux. J'étais bien résolu à écrire un deuxième livre qui allait éblouir les critiques et jeter sur les fesses, excusez-moi, le journaliste qui pratiquait la dérision. Mais surtout...

— Oui?

— Ce qui m'a vraiment redonné confiance, c'est une phrase que j'ai lue dans une interview d'Hemingway. Le vieux Hem disait à peu près ceci: «La dérision est la forme la plus vile de la critique littéraire; plus vil que ça, tu écris sur les murs des pissotières. »

15

UNE ODEUR DE BIÈRE

— Voulez-vous répéter, s'il vous plaît?

— La porte du garage était fermée avec un cadenas.

— Fermée de l'extérieur?

— Mais oui.

Je ne pouvais pas le croire.

— Vous n'avez pas été surprise quand vous avez voulu sortir?

— Non. C'est arrivé d'une drôle de façon. J'avais dormi dans le garage, les chats à côté de mon lit dans un panier, roulés pêle-mêle sur une serviette en ratine. Un bruit à la porte m'a réveillée, de bonne heure le matin. Je suis allée voir ce qui se passait.

— C'était Boris?

— Oui. Il retournait à la maison. Je suis sortie et j'ai vu qu'un cadenas avait été installé sur la penture, à l'extérieur, et qu'il était ouvert. L'homme s'est arrêté. J'étais nu-pieds dans l'herbe, à moitié endormie. Il n'avait pas l'air content.

— Pourquoi?

— À cause des voisins, je suppose. En fait, je venais de me lever et le seul vêtement que je portais, c'était un grand t-shirt. J'avais seize ans, j'étais plutôt jolie et il craignait probablement que les voisins me voient dans cette tenue. Il m'a demandé de rentrer dans le garage. C'est ce que j'ai fait.

— Et lui?

— Il est resté sur le seuil.

— Vous lui avez parlé du cadenas?

— Bien sûr. Il m'a dit que c'était pour me protéger. La veille, au moment de quitter la maison pour aller au bar du Vieux-Québec, il avait eu peur, tout à coup, que j'aie envie de me promener ou même de partir, et qu'un voisin appelle la police, étant donné mon âge et tout ça.

— Qu'est-ce que vous avez répondu?

— Que je n'avais pas l'intention de m'enfuir, pour au moins deux raisons. D'abord, je voulais prendre soin des chats qui avaient perdu leur mère. Ensuite, le garage constituait mon premier appartement, le premier endroit que je n'étais pas obligée de partager avec d'autres. J'aurais pu ajouter que certaines choses me plaisaient beaucoup : la radio, la chaîne stéréo, les caisses pleines de livres, les fenêtres qui donnaient sur le fleuve…

— Vous aviez tout ce qu'il fallait…

— Oui et non. Je n'avais pas une liberté complète. Et puis, il manquait une télé, un ordinateur, un téléphone, différents objets. Par contre, c'était agréable d'être seule et aussi de m'habituer doucement à me priver de drogues.

— Est-ce qu'il a décidé de ne plus mettre le cadenas?

— Oui, il a dit qu'on allait faire un essai.

— Et pour la nourriture, ça se passait comment?

— C'est Boris qui s'en chargeait. Je lui donnais une liste et il allait à un supermarché de Sainte-Foy. J'aurais pu m'en occuper moi-même parce qu'il y avait un vélo de fille dans le garage, mais il préférait que je sorte le moins possible.

— Un vélo de fille?

— Oui, un ancien modèle. Et dans une garde-robe, j'ai trouvé des minijupes, des collants, des leggings, des blousons en jean, des articles de maquillage, et même des perruques.

— Vous les avez essayés, ces vêtements?

— Mais oui. Tout était à ma taille, ou presque.

— À votre place, j'aurais...

— Oui?

— Non, c'est rien. Excusez-moi.

— Je sais ce que vous avez en tête. Vous pensez que, depuis mon arrivée à cet endroit, plusieurs indices auraient dû m'inquiéter et m'inciter à partir : le regard étrange de Boris, le fait qu'il semblait me surveiller de sa fenêtre, l'histoire du cadenas, la fosse, les vêtements de fille, et d'autres choses que j'oublie.

Comment lui dire que je me faisais du souci pour elle? Ne trouvant pas les mots, je me contentai de hausser les épaules.

Elle tenta d'expliquer :

— J'étais une fugueuse, le garage me servait d'abri. Et puis, malgré mon jeune âge, j'étais capable de me débrouiller. J'avais vécu un plus grand nombre d'aventures que les filles de bonne famille. Les hommes ne me faisaient pas peur. J'avais appris des techniques d'autodéfense en lisant des livres, assise par terre à la librairie Pantoute. D'ailleurs, j'en avais trouvé un, très complet, dans les boîtes du garage. Maintenant, jurez que vous n'allez pas rire de moi...

— Je le jure.

— Eh bien, je sais depuis toujours qu'un ange gardien veille sur moi. Comme je n'ai ni père ni mère, ni aucune famille, il faut que j'aie au moins un ange gardien. C'est une simple question de justice. Il me suit partout, il est à côté de moi, il n'a pas de sexe, il m'accompagne dans tout ce que je fais. Et même, je ne le dirais pas à n'importe qui, mais je suis presque sûre que, par moments, la nuit, j'entends le froufrou de ses ailes.

Elle se leva de la chaise berçante, fit quelques pas, et se retourna vers moi. Comme j'aimais de plus en plus cette fille et que tout nous rapprochait, je devinais comment elle se sentait. Elle craignait d'avoir sombré dans le ridicule et voulait savoir si c'était ce que je pensais. Mais non, je ne trouvais pas ses propos risibles, pour une raison très simple : je croyais moi-même que tout le monde avait un ange gardien. Il me semblait d'ailleurs que je l'avais écrit quelque part dans mes histoires.

Je n'eus pas le temps de lui dire que nos idées se rejoignaient, parce qu'elle reprit tout de suite son récit.

— Une semaine plus tard, dans le garage, je me suis réveillée vers trois heures du matin. Il y avait quelque chose d'anormal. Je sentais une menace imprécise. Sans bouger du tout, j'ai entrouvert les yeux. J'ai essayé de respirer calmement. Au bout d'une minute, près du mur le plus proche de mon lit, il m'a semblé percevoir une forme humaine. Une forme et une odeur. J'ai reconnu l'odeur de la bière. C'était Boris. Assis dans mon unique fauteuil, il me regardait.

Elle se tut.

En dépit de tous mes efforts, je fus incapable de cacher mon énervement.

— Dites-moi comment vous avez réagi…

— Je suis restée immobile et j'ai réfléchi un peu. Le bouncer arrivait toujours de son travail une demi-heure ou une heure après la fermeture des bars. Parfois il avait eu des chicanes avec des buveurs attardés et ça devait nuire à son sommeil. Il avait besoin de se détendre en rentrant chez lui. Pour autant que je pouvais en juger dans l'obscurité, il se contentait de me regarder dormir en buvant une bière.

Et moi, en l'écoutant me raconter tout ça, je trouvais qu'elle avait montré un calme incroyable pour une fille de son âge.

— J'ai même réussi à m'assoupir. Quand je me suis redressée dans mon petit lit, à côté des chats, la lumière de l'aube commençait à éclairer les fenêtres et le fauteuil était vide. L'homme avait quitté le garage. Alors j'ai dormi pour vrai.

Pour cacher à quel point son récit m'avait inquiété, je me rendis à la cuisine et mis un assortiment de biscuits dans un plat. Elle en prit deux ou trois, et m'avertit qu'elle n'avait pas fini son histoire.

— Il ne s'est rien passé de spécial pendant quelques jours, mais une nuit, dans un rêve ou bien un demi-sommeil, j'ai eu l'impression que mon lit avait bougé et que la maudite odeur de bière flottait autour de moi. C'était une nuit sans lune, il faisait plus noir que de coutume. Allongée sur le dos, j'ai entrouvert les yeux tout en faisant mine de continuer à dormir. Boris, cette fois, était assis sur le pied de mon lit. Malgré la noirceur, je voyais se découper la ligne de ses larges épaules. Et je l'entendais respirer. Une respiration haletante, comme s'il avait couru.

Elle s'interrompit, se berça quelques instants en silence. Je sentais l'angoisse revenir au creux de mon estomac. À l'époque, cette fille n'avait que seize ans, après tout. Et Boris, ce grand bonhomme aux cheveux noirs et frisés, aux yeux étranges, était un bouncer, un videur de bar. Elle me l'avait décrit comme un lutteur, capable de saisir n'importe qui par le collet et le fond de culotte pour le reconduire à la sortie et l'envoyer planer sur le trottoir.

J'attendais la suite sans rien dire.

— Quelque chose m'énervait, même si je n'étais pas vraiment effrayée. Je me reprochais de n'avoir pas pris quelques précautions élémentaires. Il aurait été très simple de mettre un couteau sous mon oreiller. Juste un couteau de cuisine, par exemple, ça impressionne toujours, j'en avais fait plusieurs fois l'expérience. Ou encore, pourquoi ne pas avoir insisté pour qu'il installe un verrou à l'intérieur ?… J'avais été négligente.

Elle raconta que, tout compte fait, il n'était rien arrivé de grave. Le bouncer avait siroté sa bière, puis il était sorti tranquillement, comme la fois précédente.

Avant qu'elle ne s'en aille, je la serrai fort contre moi pour lui dire qu'elle n'avait pas à se faire des reproches. Elle m'embrassa très légèrement sur les deux joues, c'était sa façon de me remercier, mais je sentais bien qu'elle n'avait pas changé d'opinion sur elle-même.

Il me fallut beaucoup de temps pour m'endormir, ce soir-là. Je craignais qu'un prochain récit ne vienne confirmer ses craintes. Les yeux grand ouverts, je me mis à penser à mon voisin, sans que je sache pourquoi. Je passai une heure, peut-être, à tendre l'oreille aux bruits qui pouvaient venir de chez lui.

16

LE FANTÔME D'HEMINGWAY

— C'est à Key West que tout a commencé.

Je m'arrêtai. Le visage de Mélodie affichait un large sourire. Pourtant, je venais à peine d'entreprendre mon récit. Je compris qu'elle était simplement heureuse de ne pas avoir à raconter des événements qui lui avaient laissé un souvenir pénible. Elle se détendait, toute prête à écouter une histoire.

Aucun bruit ne nous parvenait de l'autre côté du mur, alors je continuai :

— Cette année-là, j'ai quitté mon appartement au début de novembre, avant la première neige, pour aller passer l'hiver en Floride. J'ai mis dans le Westfalia deux shorts, quatre t-shirts, un peu de nourriture et un manuscrit qui en était à la moitié, et j'ai traversé la frontière près d'Armstrong, en Beauce. J'ai choisi l'Interstate 95, dans l'espoir de parcourir la distance en trois jours. Il m'en a fallu cinq, en raison de mes douleurs lombaires, mais ce n'était pas grave. Par moments, j'empruntais même la route qui suivait le bord de l'océan. Je pouvais me permettre quelques détours, n'ayant pas à craindre que tous les logements de Key West soient déjà occupés, car cette petite ville n'était pas encore devenue le refuge hivernal de l'élite littéraire du Québec.

— Vous étiez une sorte de pionnier !

— C'est un titre que je partageais avec des amis jongleurs qui descendaient dans le Sud pour se mêler à la grande fête organisée tous les soirs par les amuseurs publics sur un quai, en face du soleil couchant. Une chose que j'aimais bien : les gens, au moment où le soleil rouge coulait dans la mer, applaudissaient à l'unanimité, jugeant qu'il n'y avait pas de meilleur spectacle. Mais je m'éloigne de mon récit...

— Aujourd'hui, je ne suis pas contre les digressions.

— Merci. En arrivant à Key West, le dos en compote, j'ai trouvé une place libre dans un camping situé près d'une marina. J'étais en pleine ville, alors que les autres terrains se trouvaient en banlieue.

— Vous avez eu de la chance.

— Pas vraiment. Mon campeur était garé juste en dessous d'un transformateur qui vrombissait comme un B-29. Je n'ai pas dormi de la nuit. Le lendemain, dans les petites annonces du *Key West Citizen*, j'ai déniché un deux-pièces avec poêle et frigo, que j'ai meublé en fréquentant les ventes de garage et en utilisant la banquette du Volks comme matelas. Ensuite, je me suis mis à écrire et, pour une des rares fois de ma vie, j'ai eu l'impression de faire du bon travail.

— Peut-être bien qu'un fantôme vous donnait un coup de main...

— Ah ! vous pensez à Hemingway. C'est vrai que je suis allé voir sa maison à plusieurs reprises. J'ai regardé la pièce très sobre où il travaillait, et j'ai flâné dans le jardin en essayant d'apprivoiser les descendants de ses chats.

— Si je comprends, le fantôme n'a pas été d'un grand secours.

— J'ai bien avancé mon roman parce que je n'étais pas un pilier de bar, ni un amateur de pêche en haute mer. Ma seule distraction, à part le cérémonial du coucher de soleil, c'était de jouer au tennis avec un groupe qui m'avait adopté. Somme toute, ce fut un hiver agréable et productif. En mars, j'étais rendu à la dernière partie de mon histoire.

— Vous aviez presque terminé le brouillon?

— Oui, mais pendant ce temps, mes amis les jongleurs, que je voyais tous les soirs au quai des amuseurs publics, ne parvenaient pas à joindre les deux bouts. Ils ont décidé brusquement de quitter Key West pour tenter leur chance sur la route menant à San Francisco. J'ai traversé le continent avec eux, dans leur bus scolaire converti en logement, après avoir confié mon Volks à une amie française qui acceptait de le conduire en Californie. Elle m'a raconté par la suite qu'elle avait bien étonné sa mère en s'arrêtant à une cabine téléphonique, près de Houston, pour lui annoncer : «Maman! Sais-tu quoi? Je suis au Texas!»

Une ombre glissa sur le visage de Mélodie. Je regrettai mon allusion à la mère, puis le sourire peu à peu reprit sa place. Ensuite je poursuivis :

— À San Francisco, on s'est séparés, mes amis et moi, parce que j'avais vraiment besoin de vivre seul. Ils se sont installés dans un camping, tandis que, pour ma part, je prenais une chambre à l'hôtel. Dès le lendemain, j'ai trouvé dans *The Examiner* un petit meublé à l'écart du centre-ville : en plein ce qui me convenait. Toutefois, à l'adresse indiquée, une déception m'attendait : le loyer était trop cher. Beaucoup trop cher pour un auteur qui n'avait rien d'une vedette littéraire.

— Vous avez dit «*I'm sorry*» et vous êtes parti?

— J'allais partir quand le concierge s'est mis à me poser des questions. D'où je venais, comment je gagnais ma vie, des choses comme ça. Je lui ai répondu que j'écrivais une histoire où la fraternité et la chaleur humaine prenaient toute la place. Il m'a prié d'attendre un instant, et il a donné un coup de fil. J'ai compris qu'il parlait à un de ses amis. Il lui disait : «*Maybe I have the man you're looking for.*» Là-dessus, il m'a fait monter dans sa voiture et j'ai constaté avec étonnement qu'il me conduisait dans une des rues les plus réputées de la ville, la rue Lombard qui se terminait, au flanc d'une colline, par un enchaînement de courbes entre des massifs de fleurs.

— C'est là qu'habitait l'ami du concierge?

— Mais oui! J'avais peine à le croire. C'était un avocat en droit maritime, très riche. Il s'appelait Arthur. Sa maison, haute et étroite, entourée d'un mur, lui donnait une vue sur la baie, le Golden Gate et une partie de la ville. Il m'a fait visiter toutes les pièces, et puis on est descendus au sous-sol.

— Évidemment, l'endroit à louer, c'était le sous-sol…

— Je dirais plutôt un entresol, humide et un peu sombre. En revanche, on y accédait par un jardin superbe qui comprenait plusieurs bassins de poissons exotiques. J'allais constater plus tard que ma présence dans le *garden apartment* permettait de mettre en fuite les jeunes Chinois qui sautaient le mur et attrapaient les poissons rouges pour les revendre aux marchands du Chinatown. Le propriétaire m'a demandé : « *What do you think of the apartment?* » J'ai répondu dans mon anglais primaire : « *I love it, but I suppose the rent is too high for me.* » Il a dit : « *How much can you pay?* » Je lui ai timidement indiqué le montant que je payais à Québec. À ma grande surprise, il a répliqué : « *That's all right with me.* » Le marché fut conclu sur une poignée de main et sans paperasse. Arthur m'avait pris sous son aile.

— Ça prouve que les riches ne sont pas toujours des crapules.

— En plus, il aimait les chats. Sa chatte avait donné naissance à une demi-douzaine de petits qui sortaient parfois de l'appartement du haut, déboulaient les escaliers et venaient me trouver à l'entresol. Quand j'ouvrais la porte extérieure, ils mettaient le nez dehors, chacun leur tour, quitte à rentrer en se bousculant au premier cri d'une corneille. Une fois rassurés, ils me tenaient compagnie dans le jardin où je me promenais non pas tant pour éloigner les garnements chinois que pour laisser venir l'inspiration.

— Et la mère, elle restait en haut?

— Non, elle descendait. Sans doute pour vérifier si tout se passait bien.

Le sourire de Mélodie était quelque chose à voir.

— L'inspiration n'arrive jamais quand on l'attend. Cet été-là, elle venait le plus souvent au début de la nuit, lorsque j'avais erré pendant des heures en ville. Au moment où je commençais à m'assoupir, une phrase se présentait. Je me levais pour l'écrire, et je n'étais pas plus tôt recouché qu'une deuxième arrivait, puis une troisième, et ainsi de suite. Le travail n'allait pas toujours aussi bien, mais à la fin de l'été, j'avais terminé mon brouillon. Il comptait quatre cents pages, le texte le plus long que j'avais écrit de toute ma vie.

— Mais vous alliez le raccourcir en faisant des corrections?

— Il fallait supprimer ce qui était inutile, même des paragraphes et des chapitres entiers. Remplacer chaque mot par un autre, juste pour voir. Corriger les hiatus et les mauvaises sonorités. Modifier la construction des phrases. Revoir la ponctuation. Multiplier les alinéas pour donner au lecteur la chance de respirer. Lire l'histoire à haute voix en écoutant la petite musique. Laisser dormir le texte. Et puis recommencer.

— Tous les écrivains font ça?

— Non. Pas les écrivains médiatiques. Ils n'ont pas le temps.

— Mais vous trouvez que c'est un travail indispensable...

— Oui, et pour le mener à bien, j'avais besoin de changer d'air. La vie à San Francisco me convenait à tous points de vue, sauf un : le brouillard. Tous les jours ou presque, venant de la mer, il recouvrait la ville du matin au soir, et je n'arrêtais pas de frissonner. J'avais besoin de soleil, de chaleur. Le Mexique était tout près, avec un peso dévalué. Laissant une fois de plus mon Volks à ma copine française, et ayant fait mes adieux à mes amis jongleurs, j'ai gagné Acapulco en avion. Je me proposais de louer un appartement dans un quartier tranquille pour faire mes corrections et me chauffer les os pendant l'automne et l'hiver.

— Vous avez réussi ?

— Je ne parlais pas l'espagnol, je n'avais pas le plan de la ville, et, de toute façon, le nom des rues n'était indiqué nulle part. Heureusement, une Mexicaine qui parlait anglais m'a trouvé un penthouse sur le toit d'un modeste hôtel éloigné du secteur touristique. Une seule pièce, rudimentaire mais propre. En plus, une douche et un ventilateur sur pied, énorme et bruyant, me permettaient de lutter contre la chaleur suffocante.

— Après la fraîcheur, c'était devenu trop chaud !

— Je travaillais bien quand même. Et un restaurant se trouvait à cinq minutes de l'hôtel. Un soir, pendant que je mangeais, un violent orage a éclaté, avec la panne d'électricité habituelle. Quand je suis sorti, les rues étaient inondées parce que les déchets obstruaient les bouches d'égout. J'ai enlevé mes sandales, des Birkenstock achetées à Key West. Elles avaient coûté cher, je les aimais beaucoup et je ne voulais pas les abîmer. En mettant les pieds nus dans l'eau tiède, j'ai été envahi par un sentiment de bien-être qui remontait sans doute à l'époque où je prenais un plaisir infini à patauger dans toutes les flaques du chemin.

— Comme font tous les enfants...

— Je rentrais à l'hôtel dans un état d'euphorie, même si je n'avais pas pris de drogue. Tout à coup, au coin d'une rue sombre, quelqu'un venu de nulle part me barre la route. C'est un jeune homme grand et mince, les genoux fléchis, les bras écartés. Il essaie de me faire comprendre quelque chose. Je reconnais les mots « *a la casa* ». Il veut que j'aille chez lui. Je fais signe que non, mais je n'ai pas fini de secouer la tête qu'il a bondi et se trouve déjà derrière moi. Il passe un bras sous mon menton, me déséquilibre d'un coup sec et me traîne vers le bord de la rue.

Mélodie a perdu son sourire depuis un moment.

— Mes talons dérapent sur l'asphalte mouillé. Du coin de l'œil, je vois que le malfaiteur s'efforce de me tirer vers une cour déserte. Elle est à moitié fermée par un portail métallique. À l'entrée, j'empoigne un barreau de la main gauche et, de l'autre main, je glisse deux doigts entre mon cou et le creux de son coude. Ainsi, je peux respirer. Mais s'il parvient à m'entraîner dans la cour, je ne donne pas cher de ma peau. Je n'ai pas envie de finir ma vie dans un petit coin sordide et obscur d'Acapulco, alors je crie. Je hurle « *No! no! no!* » de toutes les forces qui me restent. Le jeune homme me balance des coups de pied dans les mollets et des coups de poing dans le dos et derrière la tête.

— Ça me fait mal juste à vous écouter…

— Mes doigts commencent à glisser sur le barreau de fer, ma voix faiblit, j'ai des douleurs un peu partout, je suis sur le point de céder. Soudain, je vois arriver un passant. Sans doute un voisin alerté par mes cris. Le jeune homme, en l'apercevant, s'enfuit à toutes jambes et disparaît dans la nuit. Alors mes nerfs craquent d'un seul coup. Je saisis la main de mon sauveur et je ne veux plus la lâcher. Il est obligé de secouer son bras avec vigueur pour se dégager. Je rentre à l'hôtel en jetant des regards craintifs autour de moi. Tous les os du corps me font mal, mes jambes flageolent, j'ai un énorme torticolis, mais je suis vivant.

— Je suis très heureuse que vous soyez vivant!

Mélodie se blottit contre moi, comme si j'étais encore en danger. Les bras autour de mon cou, elle me serre si fort que, pendant un moment, j'ai peur de perdre le souffle une nouvelle fois.

17

LA FILLE DE BORIS

Dès que j'ouvris la porte, après avoir perçu le traditionnel «bruit de quelqu'un qui essaie de ne pas faire de bruit», Mélodie me demanda ce qui n'allait pas. Elle avait compris, au premier coup d'œil, qu'il s'était passé quelque chose d'anormal.

Dans l'après-midi, pendant la sieste, j'avais entendu de la musique chez le voisin. C'était la première fois qu'un bruit me parvenait de son logement, et pourtant j'avais souvent tendu l'oreille.

Mélodie écouta mes explications.

— Une musique très forte?

— Je percevais seulement les notes basses, des gros *boums* qui faisaient tout vibrer dans mon appartement. J'étais tellement énervé que j'ai donné un coup de pied à une chaise et elle a tapé contre le mur. La musique s'est arrêtée net. Deux secondes plus tard, j'ai entendu claquer la porte du voisin. J'étais inquiet, je pensais qu'il venait m'engueuler. Mais en regardant par l'œilleton, j'ai vu s'éloigner une fille, une petite blonde. Ensuite, plus rien.

Le bruit m'avait rendu très nerveux. Je marchais de long en large. Pendant que je retrouvais mon calme, Mélodie prépara elle-même les boissons. Quand nous fûmes assis face aux montagnes, la desserte entre nous deux, elle commença son récit, puisque c'était à son tour de raconter.

— Un soir vers huit heures, je me trouvais dans la cuisinette en train de laver la vaisselle. La nuit tombait déjà, l'automne n'était pas loin. Les quatre chats avaient mangé et couraillaient dans tous les coins du garage. Je tournais le dos à la porte. Un casque sur les oreilles, j'écoutais *Dance Me to the End of Love*, et le volume était fort. C'était pas une musique de mon âge, mais elle me plaisait beaucoup.

— J'aime bien Cohen, moi aussi.

— Brusquement, dans le miroir accroché au-dessus de l'évier, j'ai aperçu Boris, les bras croisés, juste derrière moi. C'était un lundi, son jour de congé. J'ai enlevé mon casque et je me suis tournée vers lui. *J'ai pas entendu frapper!* Il a dit *Avec la musique, tu n'aurais pas entendu de toute manière.*

Mélodie s'arrêta et but une gorgée. Elle semblait réfléchir, tandis que moi, j'appréhendais la suite.

— J'étais nu-pieds et je portais le long t-shirt qui me sert de robe de nuit. Il m'a examinée comme s'il me voyait pour la première fois. Mes pieds, mes genoux, ma poitrine. J'ai demandé *Qu'est-ce qu'il y a?* Il a répondu *Tu es chez moi et je te regarde. C'est pas normal?*

— Avez-vous répliqué?

— Non. J'ai recommencé à laver ma vaisselle. Au bout d'un moment, je me suis encore retournée et, cette fois, j'ai eu très envie de le défier. J'ai ramené mes épaules en arrière et j'ai fait saillir ma poitrine, qui était pointue et haut perchée. *Est-ce que j'ai passé l'examen?* Il a dit *Très bien, mais je crois que je vais rester un peu.* Et il s'est assis dans un fauteuil, croisant les jambes. Il portait une chemise bleue et un bermuda kaki. Je lui ai demandé ce qu'il voulait. *Rien pour l'instant. Et toi?* Sous le coup de la surprise, j'ai répondu que j'aimerais me servir du vélo. *Pour m'occuper de l'épicerie moi-même. Me changer les idées. Faire un peu d'exercice.* Il a dit *C'est vrai, tu as seize ans. Tu as besoin de bouger. Je suis d'accord, mais...* Et là, j'ai pensé qu'il allait exiger une compensation.

— C'est ce qui est arrivé?

— Oui. Il a dit *Pour sortir, tu mettras les vêtements qui sont dans la garde-robe. C'est à cause des voisins. Tu vas les essayer, pour voir.* J'ai répondu que c'était déjà fait et qu'ils m'allaient parfaitement. *Ils appartenaient à une fille qui me ressemblait... Est-ce que c'était votre fille ?* Il a déclaré que ça ne me regardait pas et il a insisté pour que je fasse un essai. *Pas d'essai, pas de vélo.* Il parlait sur un ton sec. Le ton sec et autoritaire qu'il devait employer avec les clients, au bar, quand il leur ordonnait de sortir sur-le-champ.

— Qu'est-ce que vous avez décidé ?

— Il m'a demandé de prendre un jean, une camisole et un coupe-vent North Face. J'ai obéi, et je suis allée vers la petite chambre, juste à côté, en tendant le bras pour fermer le rideau. *Non, tu reviens dans la cuisine.* Il a ajouté *S'il te plaît.* J'ai posé les vêtements sur le bord de l'évier. Puis, sans dissimuler mon geste, j'ai pris un couteau à viande dans le tiroir et je l'ai mis à portée de ma main.

— Et ensuite ?

— Il était derrière moi, toujours assis dans le fauteuil. J'ai attrapé l'ourlet de mon t-shirt en croisant les poignets et, d'un seul mouvement ralenti, j'ai fait passer mon vêtement par-dessus ma tête, sans que le col s'accroche à mes cheveux. Et, lentement, je l'ai plié et déposé sur le dossier d'une chaise.

Elle mimait chacun de ses mouvements. Malgré la tension du récit, je ne pus m'empêcher de penser que le spectacle devait être quelque chose à voir. Mais, bien sûr, je m'abstins de tout commentaire.

— Ensuite, d'une voix moins rude que d'habitude, il a demandé *Tourne-toi vers moi.*

Elle s'éclaircit la gorge, prit le temps de boire un peu de café.

— Pour la deuxième fois, j'ai eu le goût de le mettre au défi, de le provoquer. Les mains sur les hanches, j'ai fait ce qu'il demandait. Excusez-moi, je ne peux même pas dire que ça me déplaisait. Je pense que c'est le contraire : j'avais l'impression d'être la plus forte des deux.

S'arrêtant encore, elle me fixa longuement, mais je gardai mes pensées pour moi.

— Il a dit merci, puis s'est levé de son fauteuil. Avant de sortir, il a pris le vélo en déclarant qu'il allait le remettre en état. La main sur la poignée de la porte, il a jeté un coup d'œil vers moi pendant que je m'habillais. *Tu me croiras pas, mais je voulais voir si tu avais un tatouage.* J'ai demandé pourquoi. Il a répondu en bafouillant *Ma f… La fille qui habitait ici en avait pas.* Il a réfléchi un instant. *Maintenant c'est parfait, tu pourrais même faire du vélo en camisole quand il fera chaud. Tu mettras le casque et les voisins ne verront aucune différence.*

— Vous avez cru son explication ?

— Je ne savais jamais s'il disait la vérité ou non. C'était un drôle de bonhomme. Pas chaleureux, brusque, avec un regard étrange et un air inquiétant. Pourtant, il m'a rendu plusieurs services.

— Comme quoi ?

— Il a mis un verrou à l'intérieur et m'a donné une clef pour le cadenas… J'avais la permission d'utiliser sa laveuse au sous-sol… Et même, dans une fenêtre de l'arrière du garage, il a installé une chatière avec un escabeau, pour que les chatons puissent sortir et rentrer tout seuls.

— C'est assez ingénieux.

À la vérité, je me disais : il avait très envie de vous garder chez lui. Mais cette pensée resta dans un coin de mon cerveau, en compagnie de toutes les inquiétudes qui s'étaient accumulées depuis le début de son récit. Alors je demandai :

— Le verrou, est-ce que vous le mettiez, au moins ?

— Pas toujours. Je ne me sentais pas vraiment en danger. Par contre, je fermais le cadenas quand j'allais me promener à vélo.

— Le vélo, c'était une nouvelle vie pour vous...

— Même s'il était démodé avec ses couleurs pastel, ses pneus ballon, son panier d'osier suspendu aux guidons, je l'aimais beaucoup. J'allais faire mes courses au coin de Pie-XII et Quatre-Bourgeois. Les voisins me saluaient : Ça fait longtemps qu'on vous a vue, c'est agréable de vous revoir, ce genre de propos. Je répondais brièvement pour éviter les questions. Parfois ils s'informaient *Votre père va bien ?* Je disais *Très bien, merci* et je m'éloignais. J'étais heureuse de ma nouvelle liberté, je n'avais plus besoin de drogues, je me sentais mieux dans ma peau. J'avais presque l'impression d'être quelqu'un.

— Et pour l'argent ?

— Au début, Boris me donnait une enveloppe. Pour l'épicerie et les petites courses. Plus tard, dans le secteur de Sainte-Foy, je me suis fait des sous en ramassant les feuilles et en tondant le gazon. J'aimais travailler dehors, ça m'a remise en forme. Je disais à tout le monde que j'avais dix-huit ans et que j'habitais chez mes parents à Cap-Rouge. Voilà, c'est tout ce que j'avais à raconter aujourd'hui.

Avant son départ, nous avons gardé tous deux le silence, attentifs aux bruits de l'immeuble. Il y en eut, comme toujours, mais aucun d'eux ne venait de chez le voisin. Il était absent ou il dormait... ou bien il écoutait lui aussi.

18

LA MAISON DE RÊVE

Comme d'habitude, nous racontions nos histoires à tour de rôle. De nous deux, à cause de mon métier, j'étais sans doute le plus doué pour la narration.

Mais pour écouter, c'est Mélodie qui réussissait le mieux. Elle avait une forme d'empathie que je ne possédais pas. Et cette qualité était l'un des facteurs qui nous rapprochaient.

Je commençai :

— Cette année-là, il était impossible d'avoir la paix à la Tour du Faubourg. Je ne parle pas seulement des bruits ordinaires, ceux auxquels la plupart des gens n'ont pas de mal à s'habituer. Non, ce qui m'ennuyait le plus, ce que je ne pouvais endurer, c'étaient les vibrations assourdissantes propagées dans tout l'immeuble par les marteaux-piqueurs utilisés au sous-sol pour casser le béton armé des trois étages de stationnement.

— Qui pourrait écrire dans des conditions pareilles ?

— Pas moi, en tout cas. Même avec des bouchons dans les oreilles et, par-dessus, un casque d'ouvrier de la construction… Le bruit était trop fort. Par bonheur, j'avais des amis à l'île d'Orléans.

— Ah oui ? Ils vous ont accueilli chez eux ?

— Non, mais ils connaissaient un homme qui louait des maisons. L'une d'elles, au flanc d'une falaise, venait de se libérer. Je suis allé la voir. Elle avait deux étages, aucun style particulier, mais elle était blottie dans un bois d'érables et de bouleaux, et comprenait un grand solarium. On n'apercevait personne aux alentours. Tout ce qu'on entendait, c'était le vent dans la tête des arbres et le tchic-a-di-di-di des mésanges. Il y avait un étang à l'avant, et des champs cultivés sur les côtés. Une maison de rêve pour une personne allergique au bruit.

— C'était une occasion qu'il ne fallait pas rater. Vous avez déménagé au plus vite?

— Pas tout de suite. La maison avait besoin d'être rafraîchie. Pendant ce temps-là, j'ai mis de l'ordre dans mes affaires et signé un bail dans lequel le propriétaire, un homme compréhensif et chaleureux, me permettait d'occuper les sept pièces de l'étage et s'engageait à ne pas louer le rez-de-chaussée tant que je serais son locataire.

— Sept pièces!... Aviez-vous assez de meubles? Etes-vous allé à l'Armée du Salut?

— J'ai meublé la maison petit à petit. Et une fois que j'ai eu tout ce qu'il fallait pour manger, dormir et travailler – je corrigeais les épreuves d'un roman –, l'envie m'est venue de chercher un chat pour me tenir compagnie. Je suis allé dans un établissement de la Canardière, à Limoilou, qui s'appelle Chats sans abri. Un endroit où l'on recueille les chats pour les soigner et les faire adopter.

— Ça existe vraiment?

— Mais oui. Les chats logeaient dans de grandes cages en treillis, dont la porte était ouverte. J'hésitais, je n'arrivais pas à choisir, quand une petite vieille est entrée avec une grosse chatte dans les bras. À la secrétaire assise derrière un comptoir, elle a expliqué d'une voix tremblante que son mari venait de mourir. Elle avait vendu sa maison et se préparait à vivre dans un foyer de personnes âgées. *Je ne peux plus garder ma chatte. Elle n'est pas jeune, est-ce*

que vous allez la prendre quand même ? Et elle s'est mise
à pleurer.

— Pauvre petite vieille !…

— Oui, elle faisait pitié. Elle a posé l'animal sur le
comptoir, devant la secrétaire. En m'approchant, j'ai vu
une chatte tigrée, un peu obèse, avec de belles rayures
gris foncé, un poil mi-long, de grands yeux très doux.
J'ai tendu la main vers sa tête. Elle a humé mon odeur,
comme font tous les chats pour savoir si on est agressif
ou non. Ensuite elle a frotté son museau contre mes
doigts. J'ai eu tout de suite un coup de cœur pour elle.

— Elle s'appelait comment ?

— La vieille dame l'avait appelée Chaloupe parce
que son ventre se balançait comme une *verchère* quand
elle se déplaçait. La secrétaire a écrit le nom de la chatte
dans un dossier, puis son âge et divers renseignements.
J'ai annoncé que je voulais l'adopter. La dame a cessé
de pleurer. Je lui ai dit que Chaloupe allait vivre avec
moi dans une grande maison à la campagne et qu'elle
pourrait se promener à l'extérieur sans aucun danger.

— Elle avait été opérée ?

— Oui, et dégriffée, mais j'ai eu soin de préciser
qu'il n'y avait pas d'animaux dangereux, seulement des
oiseaux et des mulots. Pour ne pas l'inquiéter, j'ai passé
sous silence les ratons laveurs, mouffettes, renards et
chevreuils, dont le propriétaire m'avait parlé. J'ai plutôt
insisté sur les arbres qui faisaient de cet endroit un îlot
de verdure à l'abri de toute agression. Et j'ai terminé
en ajoutant que j'allais lui donner la nourriture qu'elle
avait coutume de manger.

— La petite vieille était rassurée ?

— Quand elle est partie, je pense qu'elle était un
peu triste d'abandonner sa chatte, mais heureuse de
la laisser entre bonnes mains. Et je suis retourné à l'île
avec Chaloupe dans une cage en plastique sur laquelle
on pouvait lire *Pet Taxi*.

Cette expression fit sourire Mélodie. Elle quitta sa chaise berçante et fit quelques pas dans le séjour. Elle marchait sans le moindre bruit parce que l'identité du voisin lui inspirait des craintes de plus en plus vives. Je partageais son sentiment.

— Vous n'avez pas terminé votre récit...

— C'est vrai, j'en suis seulement à la moitié. Vous l'aviez deviné, de toute évidence.

— Bien sûr. On est plus proches, maintenant, alors on devine toutes sortes de choses.

Elle se rendit dans la cuisinette et je la suivis. *Je me sens très bien avec vous* : c'est ce que j'avais envie de lui dire, mais les mots restèrent à l'intérieur et se perdirent quelque part en chemin. En revanche, profitant de ce que nous n'avions pas beaucoup d'espace, je mis mon épaule contre la sienne.

Plus tard, dans le séjour, je repris mon récit à voix basse.

— À la maison, la vieille Chaloupe s'est adaptée très vite. Elle avait sa chaise préférée dans le solarium, prenait place au bout de ma planche à repasser quand je travaillais et me suivait chaque fois que je faisais le tour de l'étang pour me dérouiller les jambes. Et, comme tout était agréable et silencieux, la correction des épreuves avançait bien.

— Enfin la belle vie !

— J'aurais été parfaitement heureux si les feuilles ne s'étaient pas mises à tomber. Les couleurs vives des érables s'éteignaient. Ensuite ce fut la première neige. Le vent tournait souvent au nord-est, le soleil se couchait de plus en plus tôt et moi aussi.

— L'hiver finit toujours par nous rattraper.

— Un après-midi, dans le temps des Fêtes, je montais le sentier abrupt qui allait de mon abri d'auto jusqu'à la porte arrière de la maison. J'avais un sac d'épicerie au bout de chaque bras et j'essayais de ne pas glisser sur la neige durcie. Soudain, je vois des rouleaux de fumée noire sortir par la fenêtre de la cuisine. Le feu était pris dans ma belle maison!

— Ah non!

— Je laisse tomber mes sacs d'épicerie dans la neige. Pendant deux secondes, je reste figé. La tête vide. Puis les idées se bousculent. Est-ce que j'ai oublié une casserole sur le poêle avant de partir? Ça ne m'est jamais arrivé... Faut-il appeler les pompiers tout de suite?... Et si j'essayais d'éteindre le feu moi-même?... Mon cellulaire?... Je tâte les poches de mon Kanuk: pas de chance, je l'ai oublié à l'intérieur. Au moment où je me décide à entrer, j'aperçois la vieille Chaloupe qui attend tout énervée devant la porte. J'ouvre et un nuage de fumée me saute au visage. J'ai le temps de voir la chatte se faufiler dans la maison. Heureusement, elle ressort aussitôt et je la perds de vue. Je suppose qu'elle va se cacher dans le bois. À mon tour, j'essaie de me glisser à l'intérieur. Une main sur la bouche, je fais deux pas dans le séjour. Le cellulaire doit être tout près sur une bibliothèque basse. Mais la fumée remplit déjà la pièce, je ne distingue plus rien, j'étouffe. Une seconde de plus, je perds conscience. Je sors de la maison en titubant et je tombe à genoux dans la neige. J'ai avalé de la fumée, mes poumons en sont pleins, ma gorge pique, il m'est presque impossible de respirer.

Mélodie avait penché la tête en avant et, les coudes sur les genoux, elle tenait son visage à deux mains. Je lui demandai si je pouvais continuer. Elle fit signe que oui.

— La neige était froide pour mes jambes. Je me suis relevé et j'ai fait ce que j'aurais dû faire dès le début. J'ai couru jusqu'à ma Jeep. À toute vitesse, j'ai contourné l'étang, descendu la côte pour me rendre chez le premier voisin. J'ai frappé et je suis entré sans attendre la réponse. Une femme parlait au téléphone dans la cuisine. Je lui ai crié que le feu était pris chez moi et qu'il fallait appeler les pompiers. Je faisais des signes désespérés en direction de la maison isolée sur la falaise. Elle a pris le temps de s'excuser auprès de la personne à qui elle parlait, ensuite elle a posé l'appareil sur la table. J'ai fait le 911. Une téléphoniste, très calmement, a relayé l'appel aux pompiers. On m'a demandé mon nom, mon adresse, le code postal, la taille de la maison, s'il y avait des gens à l'intérieur, quelle était la cause présumée de l'incendie et comment il se déroulait. J'ai raccroché avant d'avoir répondu à toute la série de questions. Sortant à la course, sans remercier la voisine, je suis remonté dans la Jeep, dont la portière était restée ouverte, et j'ai regrimpé la côte avec en tête un espoir insensé. Si le feu s'était limité à la cuisine, peut-être était-il encore possible de sauver les choses auxquelles je tenais le plus, les livres de Gabrielle Roy, mes romans américains, mes dictionnaires, mes manuscrits, mes épreuves à corriger, mon ordinateur, mon vieux blouson moitié cuir et moitié jean…

Mélodie secouait la tête. Elle n'y croyait pas plus que moi.

— En approchant de la maison, j'ai vu que c'était trop tard. Le feu sortait par toutes les fenêtres et la chaleur m'empêchait d'approcher. Tous mes biens allaient disparaître en fumée. Il me restait seulement les vêtements que j'avais sur le dos et ma Jeep.

Mélodie laissa échapper un long soupir.

— Et la chatte, vous l'avez revue?

— Non. Le propriétaire s'est amené en courant. Il était désespéré de voir brûler sa maison, et j'ai lu dans ses yeux qu'il se demandait si je n'avais pas oublié d'éteindre un des feux de la cuisinière. Quand le camion des pompiers est arrivé, il leur a fourni des renseignements sur la disposition des pièces, le genre de matériaux et tout le reste. Surtout, il leur a appris que le champ de neige qui s'étendait à l'avant était un étang gelé. Les hommes ont percé un trou dans la glace, au bout du quai, et ont installé une pompe. Une échelle leur a permis de grimper sur le toit et d'arroser l'intérieur.

— Avec quel résultat?

— Il n'y avait rien à faire. Des amis, des voisins, des curieux étaient accourus, et nous avons regardé en silence le triste spectacle. En fin d'après-midi, les pompiers ont réussi à éteindre le feu. La maison avait brûlé presque de fond en comble. Partout, des colonnes de fumée et une odeur âcre qui prenait à la gorge. Je me suis aventuré dans les ruines, ne faisant que cinq ou six pas et prenant garde où je mettais les pieds. Autour de moi, c'étaient des décombres noircis. Je marchais dans une bouillie épaisse et sale. Un magma d'objets brisés, de verre cassé, de livres et de vêtements gorgés d'eau et salis par la fumée. Des morceaux de laine isolante pendaient du plafond crevé. J'avais l'impression d'être en enfer.

Mélodie s'approcha et me tendit ma tasse. Je bus une petite gorgée, puis le reste de la tisane.

— Les derniers pompiers se retiraient. L'un d'eux, en me croisant, me conseilla de sortir. Ce qui restait du plancher risquait de s'effondrer. Il s'éloigna de la maison, puis je le vis revenir. Il m'annonça qu'il avait trouvé la chatte couchée sur un lit, dans la grande chambre. Morte asphyxiée.

19

UNE PETITE CARESSE

Au simple ton de sa voix, plus basse, je devinai que Mélodie allait raconter un événement tragique.

— C'était l'été des Indiens. Je ne pouvais pas dormir. Vers une heure du matin, je suis sortie du garage. L'envie de prendre l'air et de me changer les idées. J'avais la tête pleine d'idées noires.

— À cause de Boris?

— Non. Certains souvenirs qui remontaient à la surface. Des ennuis que j'ai connus à l'époque où j'étais en famille d'accueil. J'avais douze ans. Faut croire que je devenais plus attirante. Mais j'ai pas très envie d'en parler.

— Vous n'êtes pas du tout obligée.

Elle se leva de sa chaise berçante et, les pieds nus pour éviter le bruit, elle se mit à marcher dans l'appartement. Peu à peu, elle se calma. Elle s'arrêta devant la porte-fenêtre du balcon. Les lumières de la ville et le profil arrondi des Laurentides, peut-être bien, achevèrent de la tranquilliser.

Après avoir retrouvé sa chaise, elle but du café à petites gorgées, puis reprit son récit.

— Je me suis vêtue de gris pour être moins visible. En quittant le garage, j'ai oublié de fermer le cadenas. Quand je m'en suis aperçue, j'étais rendue au bas du terrain. J'ai fait un crochet afin d'éviter la fosse du petit roux, et j'ai descendu le talus jusqu'à la voie ferrée. C'était une nuit de pleine lune. Il faisait chaud. Les rails luisaient devant moi. J'ai pris à droite vers Cap-Rouge. En arrivant au début du Tracel, j'ai décidé de ne pas m'arrêter.

— Pour quelle raison?

L'interrogation était sortie malgré moi. En plus, ma voix tremblotait. J'aurais préféré n'avoir rien dit.

— À cause des idées noires dont j'ai parlé tout à l'heure. Je voulais qu'elles me laissent en paix. Et j'avais besoin de me prouver à moi-même que je maîtrisais la situation.

— Qu'est-ce que vous avez fait au juste?

— J'ai marché à pas réguliers sur les dormants, je regardais devant moi, la tête droite. Pas question d'avoir un étourdissement et de perdre l'équilibre. J'ai avancé jusqu'au milieu du Tracel. Et là, je me suis arrêtée, debout dans le ciel, fière de moi. J'avais réussi. Très lentement, j'ai fait volte-face. J'ai quitté la voie ferrée et je suis revenue au garage. La lune était voilée par un nuage, mais je connaissais le chemin par cœur.

Mélodie n'avait pas eu d'accident, elle n'était pas tombée, mais parce que nos récits et nos inquiétudes à propos du voisin nous avaient rapprochés, c'était comme si je m'étais tenu derrière elle pendant tout le temps qu'elle avait marché sur le dangereux Tracel, aller et retour.

— Dans le garage, je n'ai pas ouvert la lumière. J'ai attendu que mes yeux de myope s'habituent à l'obscurité. Les quatre jeunes chats étaient rentrés. Ils sont venus se frôler contre mes jambes. Je ne voulais pas leur écraser les pattes, alors j'ai rempli les assiettes avec des poignées de croquettes. Ensuite je me suis déshabillée pour prendre une douche avant de me coucher. J'ai fait couler de l'eau chaude, puis tiède, puis aussi froide que je pouvais l'endurer. Pendant que je m'essuyais devant la fenêtre, un cargo est passé avec ses feux rouges et verts. Une fois séchée, j'ai eu très envie d'un biscuit au chocolat parce que j'en gardais un sac en permanence sur la table. Après quoi, je me suis approchée du lit et, au moment d'écarter le drap...

Elle s'arrêta une seconde, pour marquer sa surprise. Je ne respirais plus.

— J'ai vu une forme noire sur l'oreiller. C'était le visage barbu de Boris.

— Il était couché dans votre lit?...

— Eh oui! Mais j'ai fait semblant de ne pas le voir. Je me suis donné une tape sur le front pour signifier que j'oubliais quelque chose. Dans la commode, j'ai pris mon t-shirt extra large, je l'ai endossé, puis je me suis dirigée vers la cuisinette. J'ai choisi un couteau à cran d'arrêt. Je pense que ça s'appelle un opinel. La lame était pointue et il tenait bien dans ma main. Ensuite je suis retournée à mon lit. J'ai soulevé le drap.

— *Qu'est-ce que vous faites là ?*

— *Je t'attendais.*

— *On dirait que vous vous êtes trompé de lit...*

— *Pas vraiment. Quelqu'un m'a dit de venir ici.*

— *Ah oui ?*

— *Oui, une voix. Je ne t'ai pas dit que j'entendais des voix ?*

— *Pas que je me souvienne.*

— *Allonge-toi une petite minute, je vais t'expliquer.*

— *Le lit est étroit. En plus, vous êtes tout nu.*

— *J'avais trop chaud.*

Le dialogue entre Mélodie et Boris, tel qu'elle me l'avait raconté, s'était déroulé d'une manière rapide et serrée. Je ne fus pas étonné de la voir s'arrêter pour réfléchir un moment. Puis elle continua:

— *Bon, je m'allonge mais à deux conditions. Ou plutôt trois.*

— *Lesquelles ?*

— *Vous me tournez le dos. Vous vous placez juste au bord du lit. Je mets les chats entre nous deux.*

105

— *D'accord, mais pas les chats. Je ne veux pas de chats entre nous.*

Mélodie raconta que le bouncer s'était retourné vers le mur, lui laissant la moitié du lit. Elle s'était mise sur le côté, les jambes un peu fléchies, prête à lui pousser ses genoux pointus dans les reins s'il commençait à s'énerver. Et il y avait toujours le couteau à cran d'arrêt. Au contraire de ce que j'aurais imaginé, elle n'était pas vraiment effrayée. Elle avait l'impression qu'il jouait au dur, qu'il cachait une blessure ou quelque chose de ce genre. Le plus difficile à supporter, selon elle, c'était qu'il se dégageait de lui une forte odeur de transpiration.

Elle poursuivit :

— *Allez-y, vous pouvez me parler des voix que vous entendez.*

— *C'est compliqué et plutôt ridicule… Il faut jurer de ne pas te moquer de moi.*

— *Je le jure.*

— *En sortant du bar, aux petites heures du matin, j'ai la tête pleine de bruits. Musique de fond, conversations, cris, engueulades. C'est quand je me retrouve tout seul que j'entends des voix. Je ne les entends pas toujours, seulement dans les périodes de stress. D'après un psy, ça vient de l'inconscient.*

— *Vous avez vu un psy ?*

— *Un psychiatre. Ça fait plusieurs années. Pour une histoire dont je ne veux rien dire.*

— *Les voix, elles ressemblent à quoi ?*

— *Parfois c'est confus, on dirait un groupe de personnes qui parlent en même temps. Mais cette nuit, il y avait une seule voix, c'était clair et net.*

— *C'est une personne que vous connaissez ?*

— *Oui, on aurait dit la voix de mon père.*

Étonné, je demandai à Mélodie s'il avait vraiment dit « la voix de mon père ». Elle répondit par l'affirmative, puis se mit à raconter que le bouncer s'était tourné vers elle d'un coup de rein.

106

— À quoi penses-tu ?

— Je pense à rien.

— Tu as envie de dormir tranquille ?

— La réponse est oui, mais vous allez vouloir quelque chose en retour, je suppose ?

— Tiens ! Ça me donne une idée. Tu me fais une petite caresse et je te laisse dormir toute seule.

— Pas question !

— Dans ce cas, je propose le contraire. C'est moi qui fais la petite caresse.

— La réponse est non.

— Et si je ne te laisse pas le choix ?

Mélodie s'arrêta encore une fois. Mon inquiétude monta d'un degré. Je fus quelque peu rassuré quand elle affirma qu'elle avait conclu une entente avec le bouncer :

— Si je dis oui, vous partez tout de suite après ?

— C'est d'accord.

Boris avait tendu le bras vers ses genoux, mais elle lui avait montré son couteau.

— Pas dans ce coin-là.

— Comme tu veux, mais je vais te dire une chose. Dans mon métier, on n'a pas peur d'un couteau. Je pourrais te l'enlever si vite que tu n'aurais pas le temps de voir comment je fais. Pour l'instant, j'ai plutôt envie de faire ceci...

Il avait posé sa main sur un sein, puis sur l'autre, lentement, par-dessus le t-shirt de la fille. Elle n'avait pas bougé ni montré ce qu'elle ressentait. Alors il s'était levé, rhabillé, et il était sorti du garage. Il avait laissé derrière lui l'odeur pénible de sa transpiration.

20

LA BOTTINE AU CAP D'ACIER

De tous les échanges que nous avions eus, Mélodie et moi, certaines phrases s'étaient incrustées dans ma mémoire. Par exemple, un après-midi où j'étais allé la saluer à son travail, elle avait dit : « Moi, j'ai vécu ma jeunesse à cent milles à l'heure. Je vous ai presque rejoint. Entre nous, la différence d'âge n'est pas si grande. »

Cependant, je n'avais pas l'esprit tranquille. Je voyais bien que ses récits prenaient une tournure alarmante. Même si, jusque-là, elle s'était tirée d'affaire, je craignais qu'elle n'ait subi le genre de blessures à l'âme qui ne guérissent jamais.

Incapable de travailler, je me réfugiai dans la lecture.

Ma bibliothèque était très modeste. Depuis que j'avais perdu tous mes volumes, en même temps que le reste de mes biens, dans l'incendie, j'avais racheté quelques livres dont je ne pouvais me passer :

Le Petit Robert
Flore laurentienne
Oiseaux de l'Amérique du Nord de Peterson
Une histoire de la lecture de Manguel
L'avalée des avalés de Ducharme
L'attrape-cœurs de Salinger
Le vieil homme et la mer d'Hemingway
Paris est une fête d'Hemingway

Fahrenheit 451 de Bradbury
Le voyage d'Eladio de Mingarelli
Ces enfants de ma vie de Gabrielle Roy
Plein de vie de Fante
L'étranger de Camus
L'écume des jours de Vian
Des souris et des hommes de Steinbeck

Un soir que je relisais le roman de Steinbeck, très surpris de n'avoir pas noté plus tôt que son écriture était aussi précise, sobre et vivante que celle d'Hemingway, j'entendis le fameux bruit que j'espérais et craignais en même temps.

Le visage de Mélodie était grave. Je savais à quoi m'attendre, elle se préparait à raconter un drame. Son récit allait une fois de plus me mettre le cœur à l'envers.

Comme nous le faisions souvent, elle colla son oreille au mur du séjour, essayant de savoir si le voisin se trouvait chez lui. Pendant ce temps, je préparai un café plus fort que de coutume et je mis dans une soucoupe des gaufrettes enrobées de chocolat noir, pour la réconforter. Quand j'eus installé les chaises et tout le reste, elle vint s'asseoir et parla d'une voix posée.

— C'était encore une nuit chaude et humide, et je ne dormais pas bien. Dans un rêve, j'arpentais les rues du Vieux-Québec à trois heures du matin. Il n'y avait pas grand monde, pourtant je me suis aperçue qu'un homme me suivait. Un homme avec une carabine. Une Winchester, ne me demandez pas comment je le savais. J'ai descendu la rue de la Fabrique à la course, je suis tombée et j'ai déboulé parce que la pente est assez raide. En bas, j'ai tourné à droite sur Couillard. En dépit de tous mes efforts, je n'avançais plus, j'étais incapable de mettre un pied devant l'autre. L'homme à la carabine s'approchait. Bientôt j'ai senti le canon de la Winchester entre mes omoplates. Et là, je me suis réveillée, trempée de sueur.

— Vous avez fait un cauchemar…

— Je me suis assise dans mon lit. Je pensais avoir été réveillée par une sorte de déclic, un cliquetis que l'homme avait produit en armant sa carabine… Mais non, ce bruit je l'entendais encore. Il provenait d'une fenêtre que j'avais laissée ouverte à cause de la chaleur. La fenêtre voisine de la chatière. J'ai eu peur.

— C'est la première fois que vous parlez de cette façon.

— J'avais l'intuition qu'on allait m'attaquer. Il y avait toutes les chances que ce soit Boris. Cette fois, j'ai décidé de prendre quelques précautions. En vitesse, j'ai saisi le premier objet tranchant qui m'est tombé sous la main, un coupe-papier, et je l'ai dissimulé dans l'évier. Et, avant de me recoucher, j'ai sorti une paire de bottines de la garde-robe et je les ai placées à côté de mes sandales.

— Des bottines?

— Oui, des bottines spéciales. Je les portais seulement pendant l'hiver. Elles étaient chaudes et munies de caps en acier comme les bottes des ouvriers de la construction. Ensuite je me suis remise au lit. Je prêtais l'oreille.

— Le bruit, vous l'entendiez toujours?

— C'est ce que j'allais vous dire. Je comprenais mieux ce qui se passait. Quelqu'un à l'extérieur, en se servant d'une lame de couteau, ou d'un objet très mince, était probablement en train de soulever les crochets qui retenaient la moustiquaire, tout près de la tête de mon lit. J'étais certaine qu'il s'agissait du bouncer.

— Peut-être qu'il avait trop bu.

— En tout cas, il ne me semblait pas dans un état normal. Je l'avais toujours vu très calme. Là, c'était différent. Quand il a enjambé la fenêtre, il a mis le pied dans l'assiette des chats et a lâché un juron. En ramenant son autre jambe à l'intérieur, il a renversé le plat d'eau, manquant de perdre l'équilibre. Alors je me suis dépêchée. Tout d'abord, j'ai chaussé les bottines. Je n'ai pas pris le temps de les lacer, il faisait trop noir, j'ai croisé les cordons deux fois autour de la chaussure et j'ai fait un nœud. Ensuite, je me suis traînée à quatre pattes jusqu'à l'évier. Le coupe-papier dans la main, j'ai évalué mes chances de bondir vers la porte et de sortir à toute vitesse. Mais je voyais déjà sa silhouette qui me barrait la route. Il n'était pas soûl comme je le pensais. Si je voulais m'en tirer, j'allais être obligée de jouer dur.

Mélodie s'interrompit. Elle ne but pas de café, ne mangea pas de gaufrettes au chocolat. Cette fois, je gardai le silence et j'attendis. Je la sentais toute frémissante, on aurait pu croire que l'affrontement s'était passé la veille.

Après plusieurs longues respirations, elle reprit :

— Je lui ai dit bonsoir sur un ton aussi calme que possible. Il n'a pas répondu. Son souffle était oppressé. Je lui ai demandé :

— *Vous ne pouviez pas dormir ?*

— *J'ai dormi, mais une voix m'a réveillé.*

— *Une voix... comme l'autre nuit ?*

— *Oui.*

— *Est-ce qu'elle parlait clairement, ou bien...*

— *Elle disait : « Aujourd'hui, tu vas te conduire comme un homme. » C'était un ordre. Il fallait que j'obéisse.*

— J'ai tenté de réfléchir et j'ai cherché des mots pour le calmer. Mais je n'ai rien trouvé. Il a pris un ton impératif :

— *Tu vas t'allonger dans ton lit. Sur le dos. C'est aujourd'hui que ça se passe !*

— Il a fait un pas vers moi. J'ai pointé le coupe-papier dans sa direction.

— *Attendez un peu.*

— *Tu sais bien que je ne crains pas les couteaux.*

— *De toute façon, j'ai pas l'intention de m'en servir.*

— *Comment ça ?*

— *J'ai décidé de vous laisser faire tout ce que vous voulez.*

— *Ah oui ?*

— J'ai remis le coupe-papier dans l'évier.

— *Oui, mais je veux le faire à ma façon.*

— *C'est-à-dire…*

— *Je n'irai pas dans le lit. C'est debout que je vais faire ça. Debout et adossée à l'évier. Vous vous approchez lentement, je passe mes bras autour de votre cou et vous me soulevez. Vous êtes assez fort, non ?*

— Évidemment. Tu pèses une plume.

— *Bon, vous pouvez venir maintenant.*

Elle respire un grand coup.

— Le bouncer semble hésiter. Je saisis le bas de mon t-shirt et je le retrousse jusqu'à mon nombril. Alors il se décide. Je devine qu'il descend sa braguette. Il s'avance vers moi. Des deux mains, je m'accroche au rebord de l'évier. Quand il est tout près, je lui balance un coup de bottine dans les parties, de toutes mes forces. Le cap en acier fait son travail, l'homme pousse un hurlement et s'écroule. Je bondis par-dessus lui, j'attrape mon sac à dos près de la porte, et je m'enfuis à vélo.

Mélodie prit quelques secondes pour souffler.

Nous respirions au même rythme.

— Voilà, c'est tout. Il est tard. Je vous dirai la suite une autre fois. Il faut que je vous laisse dormir.

— Je vous aime beaucoup.

— Moi aussi.

Avant de partir, ce soir-là, elle fit glisser très doucement la porte coulissante, transporta une chaise droite sur le balcon et grimpa dessus, après l'avoir placée contre la paroi de verre opaque. Elle scruta les fenêtres du voisin pendant une dizaine de secondes. Ensuite elle déclara que même si les rideaux étaient ouverts, elle ne voyait rien parce qu'il n'y avait aucune lumière à l'intérieur.

Mélodie fit quelques pas, s'arrêta. D'un seul souffle, elle ajouta que l'homme aux cheveux gris et aux verres fumés qui la surveillait à la bibliothèque ou bien ailleurs dans le quartier et celui qui habitait derrière le mur ne faisaient à son avis qu'une seule et même personne.

21

L'EMPLOYÉ DU CANADIEN NATIONAL

J'avais hâte de savoir de quelle façon Mélodie s'était débrouillée. Sans attendre, elle se mit à raconter :

— J'ai pédalé de toutes mes forces pendant une petite minute sur le chemin Saint-Louis. Puis j'ai commencé à réfléchir. Qu'est-ce qui risquait de se passer ? Le bouncer retrouvait ses sens et essayait de me rattraper en auto... Les gens sortaient pour aller au travail et, voyant une fille vêtue d'un simple t-shirt s'éloigner en vélo, ils appelaient la police...

— Qu'est-ce que vous avez choisi de faire ?

— J'ai viré carrément à droite, entre deux maisons. J'ai dévalé le terrain sans ralentir. Mais le talus était à pic, j'ai pris une bonne débarque. Je me suis ramassée la tête la première à côté du chemin de fer.

— Vous vous êtes fait mal ?

— Des égratignures... Et comme l'herbe était haute dans ce coin-là, j'en ai profité pour fouiller dans mon sac à dos. Parce qu'il ne faisait pas chaud, j'ai mis un short et un chandail. Au moins, j'étais à l'abri des regards. Je ne voulais pas aller plus loin pour l'instant, mais je regrettais de n'avoir pas apporté un peu de nourriture, tête de linotte. Une pomme, une banane, un sandwich au beurre de peanuts, n'importe quoi.

— C'est normal, vous étiez partie en vitesse !

— Et j'avais un autre souci. Je me demandais si ma cachette ne se trouvait pas dans le secteur des chiens policiers. Immobile dans l'herbe haute, je me suis faite toute petite. Au bout d'une heure, le soleil s'est levé et bientôt il était assez haut pour réchauffer mes membres engourdis. Un peu plus tard, j'ai entendu le bruit que j'espérais. Le roulement saccadé du train. J'ai fait une caresse au guidon du vélo pour le remercier des services rendus, et puis, mon sac sur le dos, j'ai rampé dans l'herbe jusqu'à une dizaine de pieds des rails. C'était un train de marchandises. Il avançait lentement. Quand j'ai vu que les derniers wagons s'en venaient, je me suis redressée et j'ai couru le long de la voie ferrée. Soudain est arrivé un chien policier! Il était plus rapide que moi!

— Ah non!

Juste au moment où il allait enfoncer ses crocs dans le talon de ma bottine, je suis parvenue à la hauteur du wagon de queue, la *caboose*. J'ai agrippé le poteau métallique du petit escalier et, dans un dernier effort, je me suis hissée sur la plateforme avec mon sac. J'étais hors de danger. Le chien continuait de courir à côté du train et j'ai craché dans sa direction.

Mélodie fit une pause.

Je lui tendis sa tasse de café. Entre deux gorgées, elle avoua:

— Pour le chien policier, j'en ai rajouté un peu.

— J'avais deviné.

— La *caboose* me semblait vide. Le train a roulé jusqu'à la gare de Sainte-Foy, puis s'est immobilisé dans un crissement de freins. Je me suis assise dans l'herbe près du wagon de queue. Le convoi pouvait aller vers le pont de Québec, ou bien descendre à la basse-ville.

— C'est vrai, vous ne saviez même pas où le train s'en allait!

— En réalité, ça m'était égal. Mais s'il se dirigeait vers Montréal, j'avais l'intention de m'installer dans un wagon, pour avoir un peu de chaleur. En fait, il est reparti tout de suite, en direction de la basse-ville. J'ai regrimpé sur la plateforme en toute hâte. Les genoux relevés, je me suis enveloppé la tête et le reste du corps dans mon chandail à capuchon. Je faisais de mon mieux pour ressembler à un vieux sac de patates qu'on aurait laissé traîner à l'extérieur de la *caboose*.

— Il y a une chose qui me plairait bien.

— Quoi donc?

— J'aimerais être avec vous sur la plateforme de la *caboose*. Je serais moi aussi un sac abandonné et je me tiendrais tout contre vous pour faire de la chaleur.

— C'est comme si c'était fait.

— Merci beaucoup.

— Le train a pris de la vitesse en descendant vers le fleuve. J'ai reconnu le boulevard Champlain. Plus loin, j'ai vu les silos à grain du bassin Louise. Ensuite, on a longé l'autoroute Dufferin qui était en réparation, puis le domaine Maizerets, et on est entrés dans une zone de triage, à côté de la rue D'Estimauville. J'ai sauté du train avant l'arrêt. Et là, je me suis fait apostropher par un cheminot en costume du Canadien National.

— *Tu n'es pas un peu jeune pour* jumper *les trains*?

— Jumper…? *Pardon*?

— *Tu n'as pas lu les romans de Jack London? Ou encore la nouvelle d'Hemingway qui s'appelle «Le champion»*?

— *Non*.

— Quel drôle de bonhomme! Vous avez eu peur de lui?

— J'ai eu très envie de m'enfuir à toutes jambes, mais comme il connaissait des textes littéraires, je me suis dit qu'il n'était peut-être pas si méchant que ça. J'ai haussé les épaules et penché la tête en écartant les bras pour exprimer mon ignorance. Alors l'employé du CN m'a raconté comment, dans les années de la Grande Dépression, les pauvres se cachaient à bord des trains de marchandises pour aller chercher du travail. Ou encore pour se rendre dans les régions où l'on avait trouvé de l'or. Les compagnies embauchaient des spécialistes qui débusquaient les fraudeurs et les jetaient hors du train en marche. Je devais paraître inquiète, parce qu'il a tout de suite ajouté :

— *Rassure-toi, je n'ai pas l'intention de te dénoncer, ni rien de ce genre. Au contraire, je vais te rendre service.*

— Il était sincère ?

— Je me méfiais, à cause du bouncer et de son garage… Pourtant il n'avait pas l'air d'une crapule.

— *Pas loin d'ici sur la 3ᵉ Avenue, il y a une maison pour les femmes et les filles en difficulté. La directrice est très accueillante, tout le monde l'appelle* Petite Sœur.

Mélodie s'arrêta un instant. Elle me fit un clin d'œil et je compris que la Petite Sœur en question était bien celle qui faisait partie de ma famille.

Ensuite, elle raconta que le cheminot avait fourni des détails :

— *L'adresse de la maison, je sais où tu peux la trouver. Sur ton chemin, au début de la 3ᵉ Avenue, tu vas voir une épicerie bio. Le numéro se trouve sur un bout de papier scotché à la caisse enregistreuse.*

— *Merci beaucoup.*

— *De rien.*

— *Je peux savoir pourquoi vous m'aidez au lieu de me dénoncer ?*

— *C'est simple. J'avais une fille de ton âge, on s'est disputés et elle est partie. Quelqu'un a prévenu la Protection de la jeunesse… Ça s'est mal terminé.*

— *J'en suis désolée.*

— *Bonne chance.*

Elle reprit son souffle et poursuivit :

— Il a vu que je regardais aux alentours.

— *T'es un peu perdue ?*

— *C'est ça.*

— *Il faut traverser l'autoroute en faisant très attention. Après, tu suis D'Estimauville vers le nord…*

— Il s'est arrêté pour me montrer du doigt où se trouvait le nord.

— *En arrivant au boulevard Sainte-Anne, tu prends à gauche jusqu'à la Canardière. Ça va te conduire à la 3ᵉ Avenue.*

— *Merci.*

— *Fais attention à toi.*

Une courte pause, et Mélodie continua son récit :

— J'ai traversé en courant les six voies de l'autoroute. Ensuite je me suis retournée. L'homme m'avait probablement suivie des yeux. Il me regardait toujours. Je lui ai fait un signe de la main. Une fois rendue sur le boulevard Sainte-Anne, j'ai mis mon sac en bandoulière pour que le soleil me chauffe le dos. J'ai marché d'un pas rapide tout en répétant dans ma tête le trajet indiqué par l'employé du CN.

— Vous êtes tombée sur un homme généreux.

— C'est vrai… Seulement, il était trop tôt, l'épicerie bio n'était pas ouverte. J'ai fait deux fois le tour du pâté de maisons avant de pouvoir entrer.

— C'était pas bien grave…

Elle se mit à rire.

— Non. En passant près de la caisse, j'ai constaté que plusieurs feuillets étaient scotchés, comme l'homme avait dit. Je suis allée choisir une pomme et une barre de chocolat noir. En payant mes achats avec l'argent de Boris, j'ai emprunté un stylo à la caissière et, à l'endos du reçu, j'ai noté le numéro de la Maison des femmes. Deux minutes après, j'étais rendue.

— C'est un immeuble sans aucune plaque d'identification, n'est-ce pas ?

— Exactement. Pendant que j'hésitais, j'ai vu une femme à la fenêtre du deuxième étage. J'ai deviné que c'était la Petite Sœur. Elle m'a fait signe de passer par l'arrière. Plus tard, j'ai appris qu'elle avait été prévenue de mon arrivée par la caissière de l'épicerie. Elle était en robe de chambre.

— Pourriez-vous la décrire?

— Une femme dans la trentaine...

— ... large d'épaules, avec des cheveux bouclés, des yeux bleu foncé, un visage serein où l'on voit pourtant une grande force. C'est bien ça?

— Oui. Elle m'a conduite dans une chambre. J'ai supposé que tout le monde dormait encore. Elle m'a invitée à m'allonger et n'a posé aucune question. La pièce donnait sur une ruelle, il n'y avait pas de bruit. Une grosse épinette bleue étendait ses branches tout près de la fenêtre. Pour ne pas réveiller les autres pensionnaires, je n'ai pas osé prendre une douche. Je me suis lavé le visage, les mains et les pieds à l'eau chaude du lavabo. Comme j'étais en sécurité, je me suis endormie en me mettant au lit.

Quand Mélodie fut partie, ce soir-là, je me couchai de bonne heure et je rêvai que nous dormions ensemble chez la Petite Sœur.

22

LA TÊTE DU BOUNCER

— Le premier jour, chez la Petite Sœur, comment ça s'est passé?

Je me suis levée vers midi. Tout le monde était à table, en train de manger des crêpes au sirop d'érable. Il n'y avait que des adultes. La Petite Sœur et six autres femmes. Elles se sont contentées de me saluer. J'ai seulement dit que je m'appelais Mélodie. J'en ai vu deux qui avaient les yeux au beurre noir et les lèvres enflées. Quelques-unes prenaient des pilules… Quand même, c'était bon d'être avec elles.

— Personne n'a trouvé que vous étiez trop jeune?

— Je l'ai lu dans leurs yeux, mais elles n'ont rien dit. Peut-être à cause de la Petite Sœur. Elle était assise à côté de moi et avait l'air d'être ma mère. Je sais que j'exagère un peu. Après le dîner, j'ai pris une douche et visité le reste de la maison. La salle à manger donnait sur un grand séjour. Il y avait deux autres étages. En haut, des chambres. En bas, différentes pièces pour le lavage, l'entraînement physique, les instruments de musique, les vélos. La maison était vaste, on ne se marchait pas sur les pieds. Quand on voulait se réunir pour discuter, on allait dans le séjour.

— C'était comment?

— Le séjour? Une sorte de salon avec des fenêtres munies de stores pour tamiser la lumière, des tables basses, un sofa, des fauteuils, des chaises longues, un tas de coussins, des lampes sur pied et deux bibliothèques. Pas de radios, ni télés, ni appareils de son.

— Ah non?

— Tout ce qui faisait du bruit était en bas, au sous-sol. Avec des casques d'écoute.

— Vous avez regardé les bibliothèques?

— Bien sûr. La plus petite contenait des livres sur l'autodéfense, la cuisine, la psychologie, les adresses utiles, des choses pratiques.

— Et la plus grande?

— Surtout des romans.

— Ah oui?

Même si je n'étais plus un jeune auteur, j'avais besoin d'entendre dire par Mélodie que mes livres se trouvaient dans la bibliothèque de la Maison des femmes. Elle se tourna vers moi et, d'une voix un peu moqueuse:

— J'ai vu plusieurs romans d'un certain Jack Waterman, que je ne connaissais pas. La Petite Sœur m'a dit que c'étaient les livres de son frère. Elle m'a parlé de vous. Du magasin, de votre famille, de vos études, de vos voyages, de l'endroit où vous habitiez. C'est là que j'ai commencé à lire vos « histoires », comme vous dites. Et depuis ce temps-là, j'ai toujours hâte au prochain roman.

— Ça me touche beaucoup que vous preniez la peine de me lire.

Il y eut un moment de silence et un peu de gêne. Ensuite elle reprit:

— J'étais bien contente d'avoir de la lecture, parce que je ne pouvais pas sortir. À seize ans, je n'avais pas le droit d'être à la Maison des femmes. Si jamais une bonne âme dénonçait la Petite Sœur, elle pouvait perdre son permis ou encore être mise à l'amende. C'est la vie.

— Mais elle n'est pas du genre à plier devant les autorités.

— Non. Elle cherchait des solutions. D'abord, elle a prévenu les femmes que je n'étais pas là pour longtemps. Et elle leur a dit que, dans mon cas, la Protection de la jeunesse avait fait une quantité d'erreurs amplement suffisante. Tout le monde a promis de garder le secret.

— Bravo pour les femmes!

— Par contre, je ne pouvais pas rester enfermée. Votre sœur était chaleureuse, je l'aimais beaucoup, mais j'avais envie de bouger et de mettre une bonne distance entre le bouncer et moi. Et puis, j'ai pensé à la Californie.

— Qu'est-ce qui vous a donné cette idée?

— Un livre que j'ai trouvé dans la bibliothèque. Un récit de Gabrielle Roy, dont le titre me plaisait : *De quoi t'ennuies-tu, Éveline?* Vous le connaissez?

— Oui, mais pourriez-vous me rappeler de quoi ça parle?

Je me souvenais très bien de ce qui se passait dans le récit de madame Roy, seulement j'avais le goût de me faire raconter l'histoire.

Mélodie se recueillit un moment.

— Éveline est une femme très âgée qui habite dans les Prairies canadiennes. Peut-être à Winnipeg, au Manitoba. Un jour d'hiver, elle reçoit un télégramme qui vient de la Californie. Son frère Majorique désire la revoir «à la veille du grand départ». Qu'est-ce que ces mots veulent dire?... Une mort prochaine? Un simple déménagement?... Elle n'en est pas très sûre, étant donné que son frère est réputé pour jouer des tours. Malgré tout, elle décide de partir sans tarder. Elle qui a toute sa vie rêvé de voyages, la voilà bientôt, emmitouflée de fourrures, dans un autocar en direction de la Californie.

— Ça fait un long trajet!

— Oui. Éveline a tout le temps de se lier d'amitié avec sa voisine. Elle lui fait part de ses craintes, de ses espoirs, de ses rêves. De bouche à oreille, son histoire est communiquée aux autres passagers et même au chauffeur. L'autocar roule d'abord sur les chemins enneigés, puis sur les routes d'asphalte. Il traverse plusieurs États américains. Les gens s'efforcent de rassurer la dame âgée, de l'aider à se reposer et à dormir. On a l'impression, à la fin, qu'elle n'est plus seule avec ses angoisses et que tout le monde est devenu un membre de sa famille.

Ce dernier mot, j'étais bien content de l'entendre. Je l'espérais, sans oser le dire. Je fis simplement :

— Ah oui ?

À sa façon de me regarder avec un éclat de lumière derrière ses lunettes, il était facile de voir que Mélodie avait deviné ce qui se passait dans ma tête. J'ajoutai :

— En plus, le récit d'un passager entraînait le récit d'un autre, n'est-ce pas ?

— C'est vrai. Et puis tous ces gens-là décrivaient la Californie comme le paradis sur terre. Alors j'ai déclaré à la Petite Sœur qu'il n'y avait pas de doute, c'était là que je voulais aller vivre.

— Qu'est-ce qu'elle a dit ?

— Que le voyage posait un ou deux problèmes, mais qu'elle était capable de les résoudre.

— Des problèmes graves ?

— J'étais mineure et je n'avais pas les papiers nécessaires pour passer la frontière. La Petite Sœur s'est fait aider par les femmes de la Maison. L'une d'elles connaissait un fabricant de cartes d'identité dans le quartier Saint-Roch. Une autre travaillait dans un salon d'esthétique et m'a enseigné à faire un maquillage qui me donnait l'air d'avoir vingt ans. Pour finir, un petit bout de femme, pleine de vie, m'a emmenée à Dorval puis m'a mise à bord d'un avion qui allait à San Francisco en passant par Chicago.

— Pourquoi San Francisco ?

— C'est une ville que la Petite Sœur avait visitée. Elle m'a fait une lettre de recommandation pour monsieur Ferlinghetti, le propriétaire de la librairie City Lights. Il m'a donné du travail. Et puis, le mouvement hippie avait laissé des traces dans certains milieux. Tout le monde s'entraidait, il n'y avait pas d'agressivité entre les gens.

— C'était comme dans l'autobus de Gabrielle Roy?

— On peut dire ça.

J'étais arrivé au bout de mes questions. Mélodie, à seize ans, avait montré une débrouillardise rare, et je voulais lui exprimer mon admiration sans tomber dans les clichés. Je me levai de ma chaise Lafuma et, faisant mine de me dérouiller les jambes, je me plaçai derrière elle. Très lentement, je fis glisser mes doigts dans ses cheveux roux, comme si je caressais un chat. Ensuite, mes mains descendirent dans son cou et sur ses épaules. C'est à ce moment que je vis apparaître, sur le balcon, une tête ébouriffée au-dessus de la paroi de verre opaque.

Incapable de parler, je pointai mon doigt vers la porte-fenêtre. Mélodie sursauta. Elle avait eu le temps d'apercevoir le visage du voisin avant qu'il ne disparaisse.

— C'est bien lui! C'est le bouncer, j'ai reconnu ses yeux!

Très pâle, au point que ses taches de rousseur prenaient toute la place, elle me saisit la main et murmura:

— Vous ne pouvez pas dormir ici. C'est trop dangereux. Prenez vos affaires, je vous emmène chez moi.

23

LE CARROUSEL DES VIEILLES IMAGES

Mélodie était angoissée, je ne l'avais jamais vue dans cet état. Un mélange d'inquiétude et de colère. Encore chanceux que ce dernier sentiment ne se retourne pas contre moi, car je n'avais pas été d'un grand secours depuis qu'elle était venue me demander de l'aide.

Mais non, ce n'était pas son genre, elle se faisait plutôt des reproches à elle-même :

— J'ai été lente à comprendre que le bouncer m'avait rattrapee.

Trop énervée, elle n'arrivait pas à réfléchir. Je nouai mes bras autour de son cou, puis de ses hanches, et lui murmurai des mots doux. Comme elle ne retrouvait pas son calme, je préparai des tisanes. Je tentai ensuite de la distraire en lui posant des questions sur sa vie à San Francisco. Il n'était que neuf heures du soir, nous avions du temps pour retomber sur nos pattes. D'autant que la bibliothèque où elle travaillait depuis son retour n'était jamais ouverte le matin. Elle pouvait se lever tard.

En Californie, elle avait vécu chez d'anciens hippies rencontrés à City Lights Books. Des amis de monsieur Ferlinghetti. Des gens qui, selon elle, avaient gardé la mentalité des années soixante.

Même si je connaissais la réponse, je lui demandai en quoi consistait cette mentalité.

— Ces gens disaient que les biens appartenaient à ceux qui en avaient besoin. Que les plus riches étaient obligés de partager avec les plus pauvres. Qu'on n'avait pas le droit de refuser l'hospitalité à quelqu'un… Des principes de ce genre.

— Ce n'était pas trop difficile à mettre en pratique ?

— Oui. J'ai eu du mal à cause de mon esprit indépendant. Il a fallu que j'apprenne à vivre avec les autres. Je partageais mon salaire avec mes colocs et je contribuais aux travaux domestiques. Peu à peu, je suis devenue moins sauvage. En fin de compte, je suis restée une dizaine d'années dans cette ville et aux alentours.

— Toujours avec les mêmes personnes ?

— Non, j'ai changé de groupe trois fois.

— Pourquoi ?

— Je me faisais draguer par des vieux. Mais, à la fin, j'ai découvert des gens très sympathiques. Je leur ai promis d'aller les voir un de ces jours.

— Pourtant, vous êtes revenue à Québec…

— J'avais le mal du pays.

Des questions, il m'en restait encore des dizaines, au sujet de San Francisco et de toute la Californie, mais je voyais bien, sur le visage de Mélodie, que l'angoisse était toujours là. Je lui demandai ce qu'elle faisait d'habitude quand elle n'arrivait pas à se détendre. Est-ce qu'elle prenait des pilules ?

— Non, je prends un bain. Un bain très chaud avec plusieurs sortes de sels et un savon moussant. Et vous ?

— Moi aussi.

Elle se leva et, peu de temps après, j'entendis l'eau couler. Puis elle revint s'asseoir à la table de cuisine où nous buvions des tisanes qui, cette fois, ne produisaient aucun effet. Je tendais l'oreille, essayant de savoir quand la baignoire risquait d'être pleine. Au moment où je commençais à m'inquiéter, elle se releva pour aller voir, et ferma les robinets.

Je me levai à mon tour et ne résistai pas à l'envie de jeter un coup d'œil à sa bibliothèque. Mes derniers romans étaient là.

— Vous pouvez y aller la première.

En lui parlant, je regardais les autres livres. Je sentis alors sa main sur mon épaule, puis ses doigts se mêlèrent aux miens, et elle m'entraîna vers la salle de bains. Il faisait très chaud, l'air était parfumé, il y avait une buée douce et légère dans toute la pièce, et c'était pareil dans mon cœur.

Sans attendre et sans rien dire, elle me tourna le dos et retira ses vêtements, qu'elle laissa tomber sur le carrelage. Je fis comme elle et entrai dans l'eau mousseuse en me tenant d'une main au rebord de la baignoire. La chaleur de l'eau était bonne. Aucun de nous deux n'était ennuyé par les robinets parce qu'ils se trouvaient au milieu.

— Êtes-vous bien ?

C'est Mélodie qui posait la question. Mais avant que j'aie répondu, elle comprit, je suppose, que je me sentirais mieux si mon dos était soutenu par quelque chose. Elle se leva et sortit du bain sur une jambe, sans se soucier de l'eau répandue par terre. S'étirant le bras, elle prit deux grandes serviettes dans une armoire et m'en tendit une. Des coulées de mousse s'accrochaient à sa poitrine, à ses hanches et à son ventre : c'était beau à voir et très attirant.

Je pliai la serviette en quatre et la plaçai derrière ma tête, de sorte que je fus en mesure d'appuyer mon dos sur la paroi inclinée de la baignoire.

— Merci beaucoup.

Elle s'installa de la même façon. Ensuite, elle enleva ses lunettes embuées et les mit dans le coin où étaient rangés les savons et les flacons de sels.

La salle de bains n'étant pas grande, la baignoire ne l'était pas non plus. Je repliai mes genoux pour éviter de prendre trop de place. Elle suggéra :

— Allongez vos jambes.

Je fis comme elle disait. Nos mollets et nos chevilles s'emmêlèrent, puis un de mes pieds se retrouva au creux de son ventre, et un des siens se posa sur ma cuisse. Voyant que je frissonnais, elle rouvrit le robinet d'eau chaude. Dans ce geste, elle perdit le savon et nous eûmes beaucoup de plaisir à tenter de le rattraper. Nous faisions exprès de l'envoyer plus loin quand nous le trouvions, ce qui nous donnait une excuse pour fureter dans des coins où nous n'aurions pas eu l'audace de nous rendre. C'était une bonne façon d'oublier le danger qui nous menaçait.

Nous prîmes le temps de nous essuyer mutuellement, en laissant échapper des fous rires. Mélodie s'allongea dans le lit à deux places et m'invita d'un geste à la rejoindre ; son mobilier ne comprenait pas de sofa. Avec sa robe de nuit qui se retroussait au moindre mouvement, elle était très séduisante. Nous étions enrobés d'une chaleur odorante qui nous incitait à nous rapprocher l'un de l'autre. Et comme je ne portais qu'un t-shirt, il m'était impossible de lui cacher le désir qu'elle m'inspirait.

Cependant, je ne pouvais pas donner libre cours à mes envies. J'avais peur de lui rappeler des souvenirs douloureux. En fait, je craignais que, dans la demi-obscurité et compte tenu de la différence d'âge, un geste amoureux trop pressant ne lui fasse songer à ce qu'elle avait subi dans son passé lointain aux mains du bouncer.

Je décidai de m'en tenir aux caresses les plus douces que je pouvais imaginer, et je lui fredonnai des chansons. Faisant jouer mon jukebox, je choisis un air connu de tout le monde, que ma mère chantait quand

j'étais petit. C'était *Aux marches du palais,* par Yves
Montand. Je chantai avec lui les premières phrases :

Aux marches du palais
Aux marches du palais
Y a une tant belle fille
Y a une tant belle fille
Elle a tant d'amoureux
Elle a tant d'amoureux
Qu'elle ne sait lequel prendre
Qu'elle ne sait lequel prendre

Et puis, comme ma mère, je fis la-la-la, et par
instants je chantonnai l'air à bouche fermée.

Mélodie était encore très nerveuse. Elle s'approcha
et se mit à me caresser avec des gestes un peu maladroits.

— Je suis très contente que vous soyez dans mon
lit.

— Merci. C'est vraiment gentil de le dire. Êtes-vous
inquiète à cause du bouncer ?

— Oui. Et vous ?

— Moi aussi. Je me demande ce qui va nous
arriver.

— J'ai un mauvais pressentiment.

Soudain, elle s'éloigna en soupirant et en se
tournant d'un côté et de l'autre. Il s'écoula une vingtaine
de minutes avant qu'elle ne se calme. Sa respiration
devint lente et profonde.

Elle s'endormit.

Tout doucement, pour ne pas la réveiller, je me
mis sur le dos. Ensuite je n'osai plus bouger. C'est ce
qui se produit, depuis plusieurs années, quand je me
trouve dans le lit d'une dormeuse. Alors, contre ma
volonté et sans que j'en connaisse les raisons, une série
d'images noires défilèrent dans ma tête. La rivière
Chaudière couverte de glace où j'avais failli me noyer
en tombant dans un trou. Le fils du voisin qui s'était

cassé la jambe en chutant d'un arbre. L'Hôtel-Dieu de Saint-Georges où mon père s'accrochait à nos mains d'enfants après sa crise cardiaque. Mes visites à ma mère atteinte d'un cancer à l'hôpital Saint-François-D'Assise. Les bruits qui m'avaient rendu à moitié fou dans ma loge de concierge à Paris.

Je me tournai sur le côté, mais le carrousel des vieilles images recommença. Cette fois sous la forme de cartes postales. Un Volks bringuebalant et tout rouillé. Les ornières des wagons bâchés sur la Piste de l'Oregon. La route accidentée le long de la côte du Pacifique. Le pont d'El Paso, sur le Rio Grande, qui menait à la misère. Un voyage de sept heures en avion. La visite de plusieurs pays d'Europe, dont la Tchécoslovaquie et sa frontière défendue par des gardes armés de kalachnikovs.

Une dernière image vint me hanter : les débris calcinés de la maison dans la neige de l'île d'Orléans. Dans ce cas, toutefois, malgré la perte de ma chatte, je pouvais me consoler parce que la reconstruction était en marche et allait bon train. Comme j'avais suivi les travaux, je savais par le propriétaire que la nouvelle habitation m'était destinée. Cette pensée stoppa le carrousel et je parvins à m'assoupir.

Avant de m'endormir, j'eus le temps de me demander pourquoi toutes les images que je venais de revoir étaient dramatiques et négatives, alors que mon existence avait été assez bien partagée entre bonheur et malheur, en particulier dans le domaine amoureux. Mais je cédai au sommeil sans avoir trouvé la réponse à cette question.

Un bruit me fit sursauter. Ce n'était pourtant que la cloche de l'ascenseur. Je me levai avec précaution pour regarder le cadran numérique de la cuisinière : 1 heure 45.

Ce n'était pas une certitude absolue, mais je pensai que le seul locataire de notre étage qui pouvait avoir besoin d'entrer ou de sortir à cette heure tardive était Boris le bouncer.

Tant qu'à ne pouvoir dormir, je fus tenté d'aller voir s'il travaillait encore, après toutes ces années, dans le bar dont Mélodie avait parlé. Je m'habillai dans la cuisine. Il me fallait une clef pour rentrer à l'appartement, alors je m'efforçai d'en retirer une du trousseau qu'elle avait laissé sur la table. Sans succès, parce que je n'osais pas allumer une lampe. J'allais aussi vite que possible dans le noir.

Mélodie se réveilla et vint me trouver.

— Vous ne pouvez pas dormir?

Je lui expliquai ce que j'avais en tête. Elle me donna une clef et me prêta un blouson léger parce que les nuits étaient un peu fraîches. Nous avions la même taille ou presque.

— Merci beaucoup.

Elle remonta la fermeture éclair du blouson et me caressa la joue.

— Prenez bien soin de vous.

24

UN SOLIDE UPPERCUT

Il me sembla que l'ascenseur mettait plus de temps que d'habitude à remonter, puis à me descendre au rez-de-chaussée.

Sitôt arrivé sur le trottoir, je regardai du côté gauche. Un grand bonhomme à tête grise, aux épaules carrées, se dirigeait d'un pas très lent vers la place D'Youville. Je me mis à le suivre de loin, le regard accroché à son dos. Il portait un veston sombre, peut-être en velours, et un jean noir ou bleu foncé. Ce ne pouvait être que le bouncer.

Devant la librairie de livres usagés, un groupe de punks, vêtus de cuir et de métal, les cheveux taillés en mohawk, accompagnés d'un pitbull, lui bloquait le chemin. Je m'attendais à une bousculade, mais au dernier moment les jeunes libérèrent le passage. Quant à moi, je changeai de trottoir.

En traversant la rue Saint-Jean, est-ce que je n'avais pas attiré l'attention de Boris ? Pour le vérifier, je revins en arrière et m'arrêtai devant le magasin J.A. Moisan. En reflet dans la vitrine, je remarquai une jeune femme sur le trottoir que je venais de laisser. Elle avait une allure familière, mais je préférai ne pas quitter des yeux le bouncer qui s'éloignait.

Au cas où l'homme aurait noté ma présence, je fis un crochet. Je tournai à droite dans la section de la côte Sainte-Geneviève qui menait à Saint-Joachim. De là, regardant par-dessus les murs de l'ancien cimetière, je pus le suivre sans qu'il me voie.

Survint alors un incident que je n'avais pas prévu. Comme il arrivait à l'avenue Honoré-Mercier, le bouncer profita de ce que le feu était au rouge pour traverser la rue Saint-Jean en face de Radio-Canada. Au même moment, je sortais de Saint-Joachim. C'est tout juste si j'eus le temps de me rejeter en arrière. J'étais incapable de dire s'il m'avait aperçu, mon cœur battait à grands coups.

Je restai immobile quelques secondes. Quand j'avançai la tête, le feu était au vert, et je vis qu'il était déjà rendu de l'autre côté de l'avenue. Je me remis à sa poursuite, en passant par Saint-Joachim.

Arrivé à la place D'Youville, je le perdis de vue. Il s'était mêlé à un groupe de fêtards qui sortaient d'un spectacle marquant sans doute la clôture du festival d'été. Je regardai aux alentours, essayant de repérer la tête grise. La seule personne que je crus reconnaître, cependant, fut la jeune femme que j'avais entrevue au début de ma filature.

Je ne savais plus où aller, j'hésitais, c'est mon caractère.

Puisque le bar – d'après Mélodie, il s'appelait Pub Saint-Alexandre – se trouvait à l'intérieur des murs, presque en face de la librairie Pantoute, mes chances de revoir l'homme augmentaient si je franchissais la porte Saint-Jean : c'était la logique la plus élémentaire.

Alors, me frayant un chemin parmi les gens qui se dispersaient, j'empruntai le trottoir qui passait sous la porte, du côté droit. Un passage voûté, plutôt étroit, éclairé par une lanterne. Je regardais devant moi pour tenter de retrouver la tête du bouncer.

Très brusquement, en sortant de ce passage, je fus saisi au collet de mon blouson par un individu que je reconnus aussitôt. Bien sûr, c'était Boris, l'homme que j'essayais de rattraper. Il s'était caché derrière un large pilier en blocs de pierre.

Tout se passa très vite. Il me souleva de terre, me plaqua rudement contre le pilier. D'une voix brusque où perçait un accent étranger, il demanda :

— Tu me suis. Qu'est-ce que tu me veux ?

Je ne sus quoi répondre. De toute façon, il m'étranglait. Il appuyait sur ma pomme d'Adam avec ses pouces. C'est à peine si je pouvais respirer.

Il était furieux.

— Tu pensais vraiment être capable de me suivre sans que je te voie ?

Je fis signe que non, pour essayer de le calmer.

À ce moment précis, une personne déboucha du passage voûté. C'était Mélodie, la belle Mélodie qui m'avait emboîté le pas quand j'avais quitté son appartement !

Elle sauta dans le dos du bouncer et passa son bras autour de son cou pour le tirer en arrière. Il lâcha le collet de mon blouson. Se penchant vers l'avant et lui saisissant le coude, il la fit voler par-dessus son épaule. Quand elle retomba, sa tête heurta une espèce de masse rocheuse qui élargissait la base du pilier. Je frissonnai lorsque j'entendis le bruit sec, l'espèce de craquement, que fit son crâne au contact de ce bloc de pierre.

Elle resta sans mouvement. Toute de travers comme un pantin désarticulé. Pour une des rares fois de ma vie, j'entrai dans une colère incontrôlable. Les poings levés, je me précipitai vers le bouncer. Il pivota sur lui-même et, d'un seul bras, me projeta contre le mur. Très étourdi, je trouvai quand même la force de revenir vers lui. Il m'accueillit avec une gauche à l'estomac et un solide uppercut au menton.

Je me réveillai à l'hôpital.

25

LE BOXEUR POIDS PLUME

Une femme était tout près du lit. Blouse et pantalon bleus. Elle prenait ma tension artérielle.

— Bon retour parmi nous.

Je tentai de la remercier. Aucun mot ne sortit de ma bouche. J'avais la mâchoire paralysée. L'infirmière eut l'air de comprendre que je voulais dire quelque chose.

— N'essayez pas de parler. Vous avez reçu un coup de poing au menton. D'après le médecin de l'urgence, c'est un uppercut qui vous a mis K.-O. Êtes-vous un boxeur poids plume ?

Le mot « plume » était amusant, à cause de mon métier, mais je fus incapable de sourire. De toute manière, je n'arrêtais pas de penser à Mélodie. Je me sentais coupable de l'avoir entraînée, même involontairement, dans cette filature qui avait mal tourné. Et surtout, je revoyais son corps inerte sur le sol de la porte Saint-Jean.

Par signes, j'expliquai à l'infirmière que j'avais une compagne et que je m'inquiétais de son sort. Je montrai du doigt un rideau fermé qui divisait la chambre, et je dessinai un point d'interrogation dans l'air.

— Tout va bien, ne vous énervez pas.

Sa réponse me rendit encore plus inquiet. Toujours par signes, je demandai si je pouvais avoir de quoi écrire. Elle m'installa un goutte-à-goutte, donna une pichenotte au tube, puis alla me chercher ce que je désirais.

Elle mit beaucoup de temps à revenir. Par moments, j'entendais la sirène d'une ambulance. J'avais mal un peu partout : la mâchoire, le cou, l'estomac et le dos. À son retour, elle posa un bloc-notes et un stylo Bic sur la table de chevet. Elle souleva la tête du lit, redressa mes deux oreillers et s'assit à côté de moi.

— Surtout, vous restez calme. Recommandation de notre spécialiste en traumato.

Je pris le bloc-notes et le Bic.

— *Où est Mélodie ?*

— La femme qui est arrivée en même temps que vous ?

— *Oui. Elle est là, derrière le rideau ?*

L'infirmière ouvrit la tenture.

Je vis un lit défait. Il était vide.

— On est venu la chercher pour un examen.

— *Ah oui ? Pourquoi ?*

— Elle avait un gros mal de tête et ne répondait pas bien aux questions.

— *Quel genre de questions ?*

— Comment vous appelez-vous ?... On est dans quelle ville ?... Quel jour sommes-nous ?... Regardez ma main, combien de doigts voyez-vous ?... Les questions habituelles.

— *Et l'examen, c'était quoi ?*

— Une IRM.

— *C'est-à-dire...*

— Imagerie par résonance magnétique. Votre amie ne devrait pas tarder à revenir.

L'infirmière avait raison. Cinq minutes plus tard, Mélodie entrait dans un fauteuil roulant qui était poussé par un homme vêtu de blanc. Sa voix était faible. Presque inaudible.

— Bonjour. Très heureuse de voir que vous êtes réveillé.

Je ne trouvai pas les mots pour lui dire le soulagement que j'éprouvais à la revoir. Alors, je lui écrivis simplement que j'étais heureux moi aussi de la retrouver. Puis je demandai :

— *Comment s'est passé l'examen ?*

Elle s'installa dans son lit par ses propres moyens.

— Je crois que tout va bien. Les résultats viendront plus tard, mais j'ai entendu un technicien qui parlait d'un traumatisme léger. Et vous?

J'allais écrire que j'avais surtout un problème de mâchoire, quand l'infirmière fournit les explications : le coup de poing au menton avait été donné de bas en haut, avec une grande violence, et plusieurs ligaments étaient endommagés.

Ensuite, elle s'approcha de Mélodie et vérifia sa tension et sa température.

— Tout est correct, mais vous avez été sonnée. Quelque chose vous tracasse?

— Oui, j'avais un sac à main... et des lunettes.

— Toutes vos affaires ont été rangées sur une étagère, sous votre lit. Même chose pour votre compagnon, mais lui n'avait que ses vêtements.

C'était vrai, j'avais oublié de prendre mon portefeuille et mes papiers en sortant de chez Mélodie. Je n'avais même pas ma carte d'assurance maladie.

L'infirmière se pencha, trouva le sac à main et le remit à Mélodie. Celle-ci le prit, mais ne l'ouvrit pas. Elle le serrait sur sa poitrine, l'air un peu souffrante.

— Vous ne vous sentez pas bien? Vous avez des vertiges?

— Un peu.

— C'est normal. Vous devez vous reposer tous les deux. Il est cinq heures du matin.

Pour nous aider à dormir, elle apporta une pilule à Mélodie et versa un liquide sédatif dans mon goutte-à-goutte. J'eus néanmoins le temps de réfléchir à deux choses sans rapport l'une avec l'autre. Même si nous étions amochés, je sentais très fort la présence de Mélodie, tout près de moi. Et puis, elle avait probablement, dans son sac, un téléphone portable qui allait nous permettre d'appeler la Petite Sœur pour lui demander son aide.

26

CONVERSATION AVEC LA PETITE SŒUR

Lorsque l'infirmière entra dans la chambre, en compagnie de la Petite Sœur, il y avait un bon moment que nous avions déjeuné. Ce mot, dans mon cas, est sans doute excessif, étant donné que, après le goutte-à-goutte, je me nourrissais avec une paille.

Je les saluai d'un signe de tête.

L'infirmière fit les examens habituels. Quand elle s'occupa de moi, je pris le bloc-notes.

— *Comment va Mélodie ?*

— Beaucoup mieux. Vous avez dormi presque deux jours de suite. Le repos vous a fait du bien. D'ailleurs elle dort encore.

— *Elle aura le droit de sortir bientôt ?*

— C'est pas moi qui décide. Je dirais… dans les prochains jours.

— *Et moi ?*

— Vous aussi, mais vous devrez revenir pour des traitements aux ligaments de votre mâchoire.

Après un instant d'hésitation, j'écrivis :

— *Je peux vous demander une faveur ?*

— Allez-y.

— *Pourriez-vous, s'il vous plaît, pousser mon lit tout près de celui de Mélodie ?*

— Avec plaisir.

Elle fit signe à la Petite Sœur, accoudée à la tablette de la fenêtre. Les deux femmes, se plaçant chacune à un bout du lit, le roulèrent à côté de celui de Mélodie.

— Un peu plus près...

Elles collèrent les deux lits l'un contre l'autre, puis l'infirmière se retira après un conseil :

— Le mieux, quand même, c'est que vous restiez tranquilles encore quelques jours.

Je fis oui de la tête. Dès qu'elle fut sortie, je tendis la main vers Mélodie et pris la sienne. Je caressai son bras nu et son épaule. Elle était vêtue d'une robe de nuit sans manches, alors j'avais très envie de glisser ma main sous son vêtement. Je m'abstins de le faire, parce que la Petite Sœur nous regardait. Quelques instants plus tard, elle s'installa en travers des deux lits, appuyée sur un coude.

Mélodie la remercia pour tout ce qu'elle avait apporté.

— Tu as été parfaite.

Je fus surpris d'entendre Mélodie la tutoyer, puis je me rappelai qu'elles se connaissaient depuis les années passées à la Maison des femmes et à San Francisco. À mon tour, je témoignai ma reconnaissance à la Petite Sœur, par écrit :

— Bravo, tu n'as rien oublié !

Avec son portable, Mélodie lui avait transmis une liste que nous avions dressée :

Des vêtements
Nos carnets d'adresses
Le chargeur de son portable
Le manuscrit inachevé de mon roman
Un *Petit Larousse* et un recueil de mots croisés
Un choix de romans et de recueils de poésie
Nos brosses à dents et le dentifrice
Ma petite radio transistor
Mes pilules pour le cœur
Mon coussin électrique
Son vieux sac à dos

Entre nous trois, allongés sur le lit, une conversation s'engagea. Mélodie posa d'abord une question inattendue :

— À la Maison des femmes, tes pensionnaires sont capables de se débrouiller toutes seules ?

— Tout va bien pour l'instant. Une femme plus âgée me remplace. Elle a beaucoup de caractère. Dans un combat de boxe avec son mari, c'est elle qui a remporté la victoire.

— *Le mari, est-ce qu'il a eu la mâchoire paralysée ?*

— Non. Il criait de toutes ses forces et il cherchait son fusil de chasse. Alors la femme est partie avec les deux enfants.

— Des enfants de quel âge ?

— Trois et cinq ans, je crois.

— *Qu'est-ce qui leur est arrivé ? La Protection de la jeunesse ?*

— Ils ont été confiés à leur tante, qui avait déjà un garçon de quatre ans. Il n'y a pas de chicane et c'est une bonne solution.

Mélodie eut un sourire lumineux qui n'arrêtait pas de se refléter sur les quatre murs de la chambre et sur les appareils médicaux. La Petite Sœur s'en rendit compte en même temps que moi. Elle sourit à son tour, puis reprit la parole.

— J'ai fait plusieurs démarches. D'abord, je suis allée frapper à l'appartement du bouncer.

L'audace de la Petite Sœur ne m'étonnait pas. Mélodie, cependant, ouvrit de grands yeux.

— Comment ça s'est passé ?

— Il dormait, je suppose, parce que je l'ai entendu maugréer. J'ai frappé jusqu'à ce qu'il s'amène, en robe de chambre, le visage bouffi et les cheveux comme un paquet de foin. Il a voulu refermer, mais j'ai bloqué la porte avec mon pied. Je suis entrée de force.

— Il n'a pas bondi sur toi?

— J'avais mis ma ceinture noire par-dessus ma veste. Il a reculé. Je lui ai dit que j'étais une de tes amies, que nous étions tout un groupe de judokas et qu'il n'avait pas intérêt à s'en prendre à toi.

— Qu'est-ce qu'il a répondu?

— Il a promis de vous laisser tranquilles.

— *Tu penses qu'il était sincère?*

— Non. Je connais ce genre de bonhomme. Il a une face de menteur. Tout ce qu'il voulait, c'était que je m'en aille. Il avait envie de se recoucher. À la première occasion, il va reprendre son petit manège. Vous n'aurez pas la paix avec lui.

— Donc il faut chercher une solution.

— C'est pour ça que je suis là.

— *On ne peut pas rester à la Tour. Il faut trouver un endroit où nous serons à l'abri.*

Mélodie approuva:

— Le mieux, ce serait d'aller vivre ailleurs.

— J'ai résolu le problème.

C'est la Petite Sœur qui venait de parler.

Je cessai d'écrire.

Mélodie se tut.

Quand la Petite Sœur prend un problème en main et dit qu'elle connaît la solution, on se tait et on l'écoute.

— Voilà, c'est pas compliqué. Je me suis rendue à l'île d'Orléans.

Elle se tourna vers moi:

— Tu m'avais dit qu'on reconstruisait la maison. La belle maison sans voisins qui avait brûlé avec toutes tes affaires. Eh bien, les travaux sont terminés ou presque. Il reste seulement à donner quelques coups de pinceau et à nettoyer le terrain. J'ai parlé avec le propriétaire. Tu pourrais commencer tout de suite à emménager.

Elle se tut un moment, et reprit :

— La maison ressemble à celle que tu as connue, excepté que les pièces sont mieux disposées et que tout est neuf. Elle a deux étages...

En disant ces mots, elle regardait Mélodie.

— Les murs et les planchers sont très bien isolés. Je suis sûre que deux locataires seraient capables de vivre ensemble, chacun à son étage, sans jamais entendre les bruits de l'autre.

J'étais très heureux d'apprendre que la maison était prête, et je savais que le propriétaire s'attendait à me revoir. Pour ce qui était de vivre et de travailler en compagnie de Mélodie, c'était une idée nouvelle ; il fallait peser le pour et le contre. Je jetai un coup d'œil vers elle, pour essayer de connaître sa réaction, mais elle avait tourné la tête vers la fenêtre et semblait examiner le ciel.

La Petite Sœur se mit à nous regarder en alternance.

— Comme le temps presse, j'ai pris un peu d'avance. J'ai appelé une entreprise de déménageurs. Ils vont bientôt se rendre à la Tour. La secrétaire va leur ouvrir les appartements, si vous êtes d'accord. Ils vont tout emballer et ranger dans des boîtes. Vous n'aurez besoin de toucher à rien. Tout sera transporté à la maison de l'île et on n'aura qu'à leur indiquer où placer les choses. Qu'est-ce que vous en dites ?... Ah oui, j'oubliais : je me suis occupée de tous les détails concernant le loyer, à la Tour et à la maison.

Je pris mon bloc-notes pour écrire à la Petite Sœur qu'elle s'était débrouillée comme une championne. En plus, je voulais demander à Mélodie ce qu'elle pensait de tout ça, comment elle se sentait, et aussi lui dire que je l'aimais. En réalité, ce n'était pas tout à fait vrai. Je ne l'aimais pas complètement. Ce qui m'empêchait de le faire, c'était peut-être mon vieil infarctus. Le sentiment que j'éprouvais pour elle se situait dans une zone mystérieuse, quelque part entre l'amour et l'amitié.

Je n'eus pas le temps d'écrire le premier mot, car un aide-infirmier vint me chercher pour mes exercices de rééducation. Les exercices étaient longs et pénibles. J'exagère à peine en disant que je devais réapprendre à parler.

Quand je revins, une heure et demie plus tard, la Petite Sœur était assise sur le pied du lit de Mélodie. Les deux filles se faisaient face, chacune ayant les mains jointes comme pour une prière, et elles semblaient en pleine discussion. Elles se turent en me voyant. Ensuite Mélodie me demanda si je faisais des progrès. Sur mon bloc-notes, j'écrivis que j'étais très fatigué.

Je me couchai tout de suite, leur tournant le dos, et je sombrai dans un sommeil agité.

27

MINE DE RIEN

Il était 14 heures 40 lorsque je rangeai la Jeep à la gare du Palais, dans un stationnement de courte durée. Mélodie descendit, ouvrit la porte arrière et sortit elle-même son sac à dos.

Dans le grand hall, pendant qu'elle se rendait à la billetterie, je m'assis à la seule table qui était libre, en face d'un bistrot. Il y avait beaucoup de monde, certains avalaient une bouchée, d'autres déambulaient en traînant une valise à roulettes. Le train de Mélodie partait à 15 heures.

Elle revint au bout de cinq minutes, son billet à la main, et prit place à côté de moi, après avoir mis son vieux sac à dos entre nous deux. J'écrivis sur mon bloc-notes : *Voulez-vous manger quelque chose ?* Elle fit signe que non. *Voulez-vous boire un café ?* Elle fit encore non de la tête, en souriant pour me remercier.

Nous n'avions pas très envie de parler.

Tout ce qui comptait pour nous, tout ce qui était important à nos yeux, nous en avions discuté à notre sortie de l'hôpital, pendant que j'allais la conduire à la Maison des femmes. Dans la Jeep, très posément, sans laisser déborder les émotions qui affleuraient sous ses paroles, elle m'avait expliqué pour quelles raisons l'idée de vivre à l'île d'Orléans ne lui convenait pas. Elle ne se serait pas sentie très utile. Sans cesse, elle aurait eu peur de me déranger et de me sortir de mon univers. L'écriture était plus que la moitié de ma vie. C'est en discutant avec la Petite Sœur, à l'Hôtel-Dieu, qu'elle en était venue à tout comprendre. Alors, stoppant la Jeep à l'entrée de la 3ᵉ Avenue, j'avais fait valoir, par écrit, qu'il était né entre nous, petit à petit, un sentiment amoureux doux et solide. Que la différence d'âge avait presque disparu. Mais, au fond, j'étais porté à lui donner raison. Je pensais même qu'elle avait plus de chances d'être heureuse sans moi.

Sa décision était prise : elle retournait chez ses amis de San Francisco. Elle voulait s'y rendre par étapes. Son billet lui permettait d'aller jusqu'à Winnipeg, où elle traverserait le pont afin de voir la maison de Gabrielle Roy, à Saint-Boniface. Ensuite elle trouverait le moyen de passer la frontière, peut-être en stop, et de gagner la Californie en suivant une route diagonale.

Il était impossible de ne pas voir que le hall de la gare était magnifique avec sa voûte blanche renforcée par des arches métalliques, ses luminaires suspendus au plafond, ses petits cafés, ses lampadaires qui nous donnaient l'illusion d'être au bord d'une rue.

Quand la grande horloge indiqua moins cinq, Mélodie se leva et prit son sac à dos. Elle me demanda si je voulais bien rester dans le hall au lieu de l'accompagner sur le quai. *Est-ce que je peux vous serrer un moment dans mes bras ?* Elle répondit par un sourire si tendre que je fus tout près de me mettre à pleurer. Je me levai à mon tour et, passant mes bras sous son gros sac, je la serrai contre moi, pas longtemps mais très fort. En la berçant un peu. Elle me chuchota des mots doux à l'oreille, puis je sortis de la gare sans me retourner.

Dans la Jeep, mon fidèle jukebox se mit en marche tout seul pour la première fois. Il joua *Dis, quand reviendras-tu ?* C'est Barbara qui chantait. J'écoutai seulement les deux premiers vers, parce que les mots avaient trop de force et me rendaient encore plus malheureux.

En conduisant, l'envie me vint de faire un détour avant de rentrer à l'île. Je roulai jusqu'à Chats sans abri, l'endroit où j'avais fait l'acquisition, l'année précédente, de Chaloupe, la vieille chatte qui avait péri dans l'incendie de la maison. Derrière son comptoir, la préposée à l'accueil sembla me reconnaître, mais ne posa aucune question. Elle me fit entrer dans une salle où se trouvaient une dizaine de chats. Certains se promenaient librement, d'autres se reposaient dans des cages ajourées dont la porte était ouverte.

Je remarquai une petite chatte tigrée, plutôt maigrichonne, avec un poil court aux teintes rosées et des yeux verts. Elle se laissa caresser un moment, puis me donna un coup de patte sans sortir ses griffes. C'était un avertissement, elle voulait avoir la paix. Je m'éloignai et m'assis sur un banc pour l'observer. Alors, sautant en bas de sa cage, elle vint se frôler contre mes pieds. Elle était affectueuse et indépendante. Je décidai de l'adopter. Elle allait me faire une compagne agréable.

Son nom était inscrit sur la cage. Elle s'appelait *Mine de rien*. Un nom qui me fit sourire, en dépit de ma tristesse, car il correspondait à l'attitude qui avait été la mienne, depuis le jour de ma rencontre avec la belle Mélodie. Et peut-être même depuis toujours.

L'auteur tient à remercier Denise Cliche et Mireille Racine pour leurs précieux conseils durant l'écriture de ce roman.